KiWi
PAPERBACK
1049

Das Buch

Jeder, der schon einmal in einer WG gelebt hat, kennt sie: die abstrusen Vorlieben, kuriosen Rituale und seltsamen Angewohnheiten von Mitbewohnern. Der beste Beweis: Zettel! Oonagh O'Hagan hat über Jahre solche Botschaften gesammelt: verzweifelte Ausrufe (»Ich brauchte den Schinken. Ich brauchte ihn wirklich!«), rätselhafte Hinweise (»Zwiebel im Kühlschrank«), überraschte Fragen (»Warum ist mein Bett feucht?«) oder drastische Drohungen (»Entweder du ziehst aus oder ich!«). Sie sind sarkastisch, herzzerreißend, bitter, liebevoll – und sie finden sich überall: auf der Rückseite von Cornflakespackungen, auf Kassenzetteln und Telefonrechnungen.
Hinter jeder Notiz verbirgt sich eine Geschichte: Es geht um alles – Käsediebstahl, Freundschaft, Flirten, Kühlschrankfächer, Eifersucht, Alkohol, Sex – und natürlich darum, wer dran ist mit Spülen. Ein wunderbar witziger Einblick in das Privatleben von WG-Bewohnern, in denen man sich erschreckend oft wiedererkennt.

Die Autorin

Oonagh O'Hagan hat Modedesign studiert und arbeitet als Art Director für verschiedene Magazine und als Künstlerin. Nach vielen Jahren in Wohngemeinschaften ist sie vor Kurzem mit ihrem Freund zusammengezogen.

Der Übersetzer

Lewis Gropp lebt als Journalist und Übersetzer in Köln.

Oonagh O'Hagan:

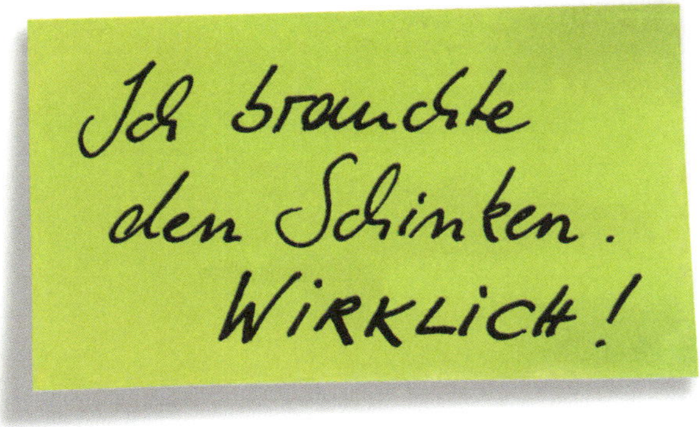

Ein Bilderbuch aus dem ganz normalen WG-Wahnsinn

Aus dem Englischen von Lewis Gropp

Kiepenheuer & Witsch

1. Auflage 2008

Umschlaggestaltung: Barbara Thoben, Köln
Illustrationen auf dem Umschlag und im Innenteil: © Silke Schmidt
Gesamtkonzeption der Innengestaltung: Elisabeth Scharlach
Gesetzt aus der Meta
Satz: grafik & sound, Köln
Druck und Bindearbeiten: Clausen & Bosse, Leck
ISBN 978-3-462-04007-4

Inhalt

Vorwort

Es gibt heutzutage wohl kaum noch jemanden, der nicht irgendwann mal in einer WG gewohnt hat – unter einem Dach mit Menschen, die man eigentlich ganz gut zu kennen glaubt, um dann doch festzustellen, wie schwer man sich getäuscht hat. Ob als Student oder als Single nach langjähriger Beziehung – früher oder später trifft es jeden: Die WG ist ein fester Bestandteil unserer Kultur geworden, wenn man so will, hat sie sogar die Funktion eines gesellschaftlichen Initiationsritus übernommen.
Alle Menschen, die diese Erfahrung teilen, kennen mit Sicherheit folgendes Phänomen: Ein Mensch, den man bisher als vollkommen normal eingestuft hat, verwandelt sich innerhalb kürzester Zeit in einen verhaltensgestörten Sonderling. Es beginnt mit eher harmlosen Ticks und Verschrobenheiten, steigert sich zu ernst zu nehmenden Zwangshandlungen (wie dem systematischen Etikettieren von Nahrungsmitteln oder dem übertrieben verschwenderischen Einsatz von Spüli) – und ehe man sich versieht, tauchen die ersten Zettel auf.

Diese kleinen Notizen können nichtssagend sein oder lächerlich, aufwühlend oder amüsant. Jeder Tag bringt ein neues Thema mit sich, ein neues Problem – und einen neuen Zettel.

Vielleicht hängt es mit meiner Arbeit als Designerin zusammen, dass ich so fasziniert bin von dieser ganz speziellen Weise, Meinungen und Gefühle auszudrücken, in den unterschiedlichsten Formen auf Papier zu bannen und grafisch umzusetzen. Ein Zettel kann sehr viel über eine Person aussagen – angefangen beim Material (Rückseite einer Kippenschachtel oder makelloses DIN A4-Blatt mit Kästchen), über die Auswahl der Worte, die unterstrichen oder in Großbuchstaben gesetzt sind, bis hin zu den Zeichnungen und dem Gekritzel, welche die Forderungen und Beschwerden illustrieren. Zettel dokumentieren die gesamte Palette menschlicher Existenz: Wahnsinn und Genialität.

Im Laufe meiner eigenen WG-Jahre haben sich zahlreiche Wohnungsgenossen immer wieder schamlos des geschriebenen Wortes bedient, anstatt das jeweilige Thema ungezwungen und direkt anzusprechen. Ich kann mich gut an eine Mitbewohnerin erinnern, die ausschließlich über Zettel zu kommunizieren schien. Und mit der Zeit wurden die Nachrichten immer furchterregender! Streitpunkte wurden von ihr nie offen ausdiskutiert, sie wurden nicht einmal »offiziell« als solche anerkannt. Wir betrieben weiterhin ganz natürlich Small Talk auf dem Flur und tauschten die üblichen Nettigkeiten aus – und das, obwohl es sich bei meinem Gegenüber um die Frau handelte, die mir in irrsinniger Erregung Botschaften wie die folgende auf die Rückseite der Verpackung einer Mikrowellenmahlzeit schrieb:

> *Achte bitte darauf, dass meine Holzbrettchen nicht nass werden – die verbiegen sich sonst und kriegen Risse. Danke!*

Wie soll man bitte schön auf so etwas reagieren? Was bleibt einem da anderes übrig, als zu resignieren? Oder in wahnsinniges Gelächter auszubrechen?

Während wir also diese lautlosen Stellungskämpfe ausfochten, in denen es darum ging, wie viel Platz meine Nahrungsmittel im Kühlschrank einnahmen, oder ich eine Phantomfehde gegen einen ihrer Liebhaber führte, den ich nie zu Gesicht bekommen hatte, wurde mir allmählich klar, dass wir nicht die Einzigen waren, die so etwas machten. In allen WGs dieser Welt werden Zettel geschrieben. Und wenn man erst mal anfängt, sie zu sammeln, stößt man auf Schätze wie diesen:

> *Welcher Saftsack hat meine Nudeln aufgefuttert?*
> *ICH HABE HUNGER!!! AHHHHH!!*

oder:

> *Von meinen dreißig Multivitamintabletten hat mir eine bisher nicht identifizierte Person die Hälfte entwendet. Wenn diese Person nicht daran schuld sein möchte, dass ich eines Tages an Mangelerscheinungen verende, rate ich ihr dringend, sie zügig zu ersetzen.*

Hinter WG-Türen verbirgt sich ein regelrechter Zettelkosmos. Jeder scheint damit beschäftigt zu sein, irgendjemanden zu beschuldigen oder beschuldigt zu werden – das Shampoo mitzubenutzen, ein Regal verbrecherisch in Beschlag zu nehmen, *absichtlich* die Toilette zu verstopfen oder andere vermeintliche »WG-Verbrechen« begangen zu haben.
Bald wurde mir klar, dass die bemerkenswertesten Zettelbotschaften nicht die aggressiv hingeschmierten waren, sondern die freundlich erklärenden – oder auch die überschwänglichen. Ein Meister dieser Kategorie war für mich ein ehemaliger Mitbewohner, der in regelmäßigen Abständen einen selbst gebackenen Kuchen auf den Tisch stellte und sich auf einem Zettel nach Tipps erkundigte, wie er es hinbekommen könnte, dass dieser noch lekkerer schmeckt. Ein Freund hatte unter einem Mitbewohner zu leiden, der mit missionarischem Eifer fotokopierte Bibelstellen in der Wohnung verteilte. Und dann gibt es noch die gruseligen Typen, die sich darauf versteigen, ihre Weisheiten auch noch abzutippen und anschließend fein säuberlich ausgedruckt unters Volk zu bringen …

Was hat all das zu bedeuten?

Wenn man sich etwas eingehender mit diesem Phänomen beschäftigt, wird einem klar, dass wirklich *alles* über diese Zettelchen kommuniziert wird: Liebe, Wut, Eifersucht, Hass, vermisste Nahrungsmittel – absolut alles. Und nicht nur die Inhalte sind in der Regel ein bisschen abseitig und seltsam, sondern auch das Material, auf dem die Botschaften übermittelt werden: Das reicht von der Rückseite eines Kassenbons bis zur Margarine (ja tatsächlich: mache Leute schmieren ihre Botschaften mit Margarine an die Wand!). Was aber alle Zettelschreiber verbindet, das ist das Bedürfnis, ein Anliegen loszuwerden, ohne die direkte Konfrontation zu riskieren.

Über Zettel bekommt man nicht nur Zugang zu den *Wohnungen* anderer Leute, sondern auch zum Inneren der Leute selbst. Und mit dieser Einsicht war die Idee zu diesem Buch geboren: einem Buch – angefüllt mit Geheimnissen, Anschuldigungen und Skandalen, die allesamt von echten Menschen stammten.
In einigen Fällen setzt es sich für diejenigen ein, die sich darum bemühen, ihre Probleme auf anständige Art und Weise zu lösen. Aber ich kann nicht leugnen, dass es manchmal auch einfach nur darum geht, jemandem etwas heimzuzahlen. Nach all den Jahren, in denen man gequält und schikaniert wurde, von Freaks und manchmal auch von Freunden, eröffnete sich hier eine wunderbare Chance, zurückzuschlagen. Leidenschaftliche Zettelschreiber sollten sich jetzt aber nicht auf die Füße getreten fühlen – schließlich ist dieses Buch auch eine feierliche Ehrung ihrer Lieblingsbeschäftigung.

Vom Alltäglichen bis zum Außergewöhnlichen – diese Zettel sagen vermutlich mehr über die Art und Weise aus, in der wir zusammenleben und uns anderen Menschen gegenüber verhalten, als eine ganze Bücherei psychologischer Fachpublikationen. Hinter diesen wenigen Worten, die niedergeschrieben wurden in Rage, in Verzweiflung und bisweilen auch mit Wohlwollen, steht immer eine ganze Geschichte. Man könnte dick auftragen und behaupten, die Zettelbotschaften seien so etwas wie Alltagspoesie. Oder man könnte einfach sagen: Sie sind verdammt witzig – und hin und wieder ein bisschen verstörend. Wie man es auch nimmt: Ich hoffe, es bereitet euch ebenso viel Freude, die Zettel zu lesen, wie es mir gemacht hat, sie zu sammeln. Und wenn euch ein Zettel in die Hände fällt, von dem ihr denkt, dass er hier in der Zentrale einmal eingehender geprüft werden sollte, dann könnt ihr ihn bei folgender Adresse einreichen: www.flatmatesanonymous.com.

Ich zahle die Miete – was machst Du?

Partys, Exzesse und der ganz normale Wohnzimmer-Wahnsinn

Das Wohnzimmer: ein Gemeinschaftsraum für Leute ohne Gemeinsamkeiten. Vertreter verschiedener Kulturen und Weltanschauungen kommen hier notgedrungen zusammen, um hektisch ein nicht ganz perfektes Dinner aus Tütensuppen und Tiefkühlpizza runterzuwürgen – oder um ihre Lieblingsserie zu gucken. Der Fernseher ist der Mittelpunkt dieses Raums, aber anders als in der medial aufgemotzten Fernsehrealität sind WG-Streitereien *wirklich* real, und es gibt keinen Knopf, mit dem man die kindischen Auseinandersetzungen abschalten könnte, wenn sie anfangen zu nerven.

Die lustigsten Wohnzimmer-Zettel tauchen dann auf, wenn das Wohnzimmer begonnen hat, seine ursprüngliche Funktion zu verlieren und sich in etwas anderes zu verwandeln – für gewöhnlich in ein zweites Schlafzimmer. Dann ist es nur eine Frage der Zeit, bis es zu den ersten merkwürdigen Begegnungen und peinlichen Szenen kommt. Wenn zum Beispiel der letzte One-Night-Stand nicht mehr gehen will und sich als Dauergast auf dem Gemeinschaftssofa häuslich einrichtet. Oder wenn man mit seinen Kumpels für den Fußballabend das Wohnzimmer stürmt und seine Mitbewohnerin in leidenschaftlicher Umklammerung mit einem Unbekannten erwischt. Immer wieder werden Mitbewohner bei Dingen ertappt, die sich eigentlich hinter verschlossenen Türen abspielen sollten. Apropos verschlossene Türen: Wenn das Wohnzimmer zum Ort für Intimpflege und persönliche Reinigungsaktionen umfunktioniert wird, dann weiß man, dass es bis zur nächsten WG-Krisensitzung nicht mehr lange dauert. Leider ist es fast unmöglich, diese krampfigen Zusammenkünfte überhaupt ernst zu nehmen. Es kommt nur äußerst selten vor, dass diese Art von Konfliktmanagement funktioniert. Um ehrlich zu sein, funktioniert sie eigentümlicherweise nur dann, wenn sich die Gelegenheit bietet, potenzielle neue WG-Mitbewohner zu verhören, äh ... zu *interviewen,* wollte ich sagen. Das Frischfleisch wird auseinandergenommen und weich geklopft – das ist das einzige Ritual, bei

dem ein ansonsten total zerstrittener Haufen überhaupt in der Lage ist, zumindest ansatzweise eine Art von Gemeinschaftsgefühl zu entwickeln.
Wenn ich nur daran denke, mit was für einem Vergnügen ich mich selbst an diesen öffentlichen Hinrichtungen beteiligt habe, würde ich am liebsten im Boden versinken. Der Film *Kleine Morde unter Freunden* zeigt, wie erbarmungslos diese Vorstellungsrunden sein können. Es ist zugegebenermaßen höllisch unterhaltsam zu beobachten, wie sich das Opfer quält und windet, nur um sich bei seinen Peinigern beliebt zu machen ...

Die große Koalition mit den Mitbewohnern arbeitet immer dann besonders gut zusammen, wenn die Bewerber den Spieß umdrehen wollen und selbst anfangen, lästige Fragen zu stellen. Wenn sie zum Beispiel genau wissen wollen, wie hoch die Nebenkosten sind, oder darüber meckern, dass das Klo nicht duftfrisch geputzt ist, spürt man sofort den Drang, die Vorzüge des gemeinsamen Heimes zu verteidigen. *Wie kann es ein wildfremder Mensch wagen, über unsere schöne Wohnung seine versnobte Nase zu rümpfen!* Die Dinge, die einen vorher selbst angewidert haben, preist man plötzlich als »individuelle Note« der WG, und die Leute, über die man gemein und hinterhältig gelästert hat, werden zu den treuesten Verbündeten. *Was gefällt dem Kandidaten nicht am Wohnzimmer? Ist es vielleicht der ranzige Typ, der sich mit der Dose Hansa-Export auf dem Sofa rumlümmelt? Oder hat es etwas mit den abgeschnittenen Zehennägeln zu tun, die auf dem Fußboden verteilt sind?*

Du hast mir 62,79,- für die Nebenkosten überwiesen – die korrekte Summe beläuft sich aber auf 61,79,- (also genau einen Euro weniger ;-)

Soll ich dir einen Euro so geben oder das Ganze einfach mit der nächsten Zahlung verrechnen?

Bin da ganz flexibel

Diesen Zettel habe ich von einem Freund bekommen, der seinem Mitbewohner – einem echten Zettelfetischisten – übrigens ausrichten ließ, er möge den Extra-Euro doch am besten an die Welthungerhilfe spenden und den Betrag von der Steuer absetzen.

Zum Teufel?!
Welcher Idiot hat mir das Telefon in den Arsch geschoben?!

Diesen Zettel habe ich von einer Frau bekommen, die für ein paar Tage verreist war und am Morgen ihrer Rückkehr die WG kurz noch für den Sonntagsbesuch ihrer Eltern aufräumen wollte. Bereits beim Betreten des Flurs wurde ihr klar, dass hier noch bis vor Kurzem exzessive Ausschweifungen stattgefunden haben mussten. Ein leiser Hauch von Panik setzte ein, und sie betrat die Küche mit einem mulmigen Gefühl – zu Recht, wie sich zeigte, denn auf dem Fußboden lag ein ihr bis dahin unbekannter Mann regungslos auf dem Bauch; er trug einen Nadelstreifenanzug, hatte ein schnurloses Telefon in der Hand und gab keinen Mucks von sich. Das für sich genommen hätte die Gute sicher nicht aus der Fassung gebracht – hätte da nicht dieses Post-it mit der seltsamen Nachricht gut sichtbar am Hörer geklebt. Wie man sich denken kann, war dieser Zettel der zentrale Baustein im Mosaik des Grauens ... Die Frau berichtete mir, dass der Unbekannte kurze Zeit später aus seinem Koma erwachte und ohne ein Wort der Erklärung zusammen mit den WG-Genossen alles wieder in den ursprünglichen Zustand zurückversetzte. Dann nahm er seinen Mantel und verschwand auf Nimmerwiedersehen. Die Eltern trafen wie geplant am Nachmittag ein und blieben zu Kaffee und Kuchen. Die beiden schöpften keinen Verdacht. Wie auch? Die Wohnung sah aus wie immer, alle Spuren waren beseitigt. Das Einzige, was von dem Abend geblieben war, ist der Zettel, der am Telefon klebte (das übrigens kurze Zeit später einen glücklichen, nichts ahnenden Käufer auf dem Flohmarkt fand).

Lieber Andy,

der Besuch meines Großvaters war ein voller Erfolg: Erst hat er es geschafft, über das Treppenhaus in die vierte Etage zu kommen, ohne dabei den Löffel abzugeben. Und dann durfte er sich noch am Anblick deiner vollgesabberten Riesen-Bong erfreuen, die du freundlicherweise zur Ansicht auf den Couchtisch gestellt hattest. Wenn Dein Opa uns das nächste Mal besuchen kommt, werde ich ihm zur Begrüßung einen Hasch-Keks anbieten – Großpapa mag doch Gebäck, oder!

Allerherzlichst, Dein Alexander

Angesichts dieser ironisch verschlüsselten Botschaft könnte man annehmen, dass der unbekannte Adressat möglicherweise ein Konsument des Genussmittels Marihuana sein *könnte*. Es muss nicht stimmen, und ich möchte betonen, dass ich keinesfalls behaupten möchte, dass der Adressat sich tatsächlich jemals an der erwähnten Substanz berauscht hat. Denn wer weiß, vielleicht ist der gute Mann ja auch ein Anhänger der Bill-Clinton-Methode, frei nach dem Motto: »Ja, ich habe Marihuana geraucht *– aber ich habe nicht inhaliert!*«

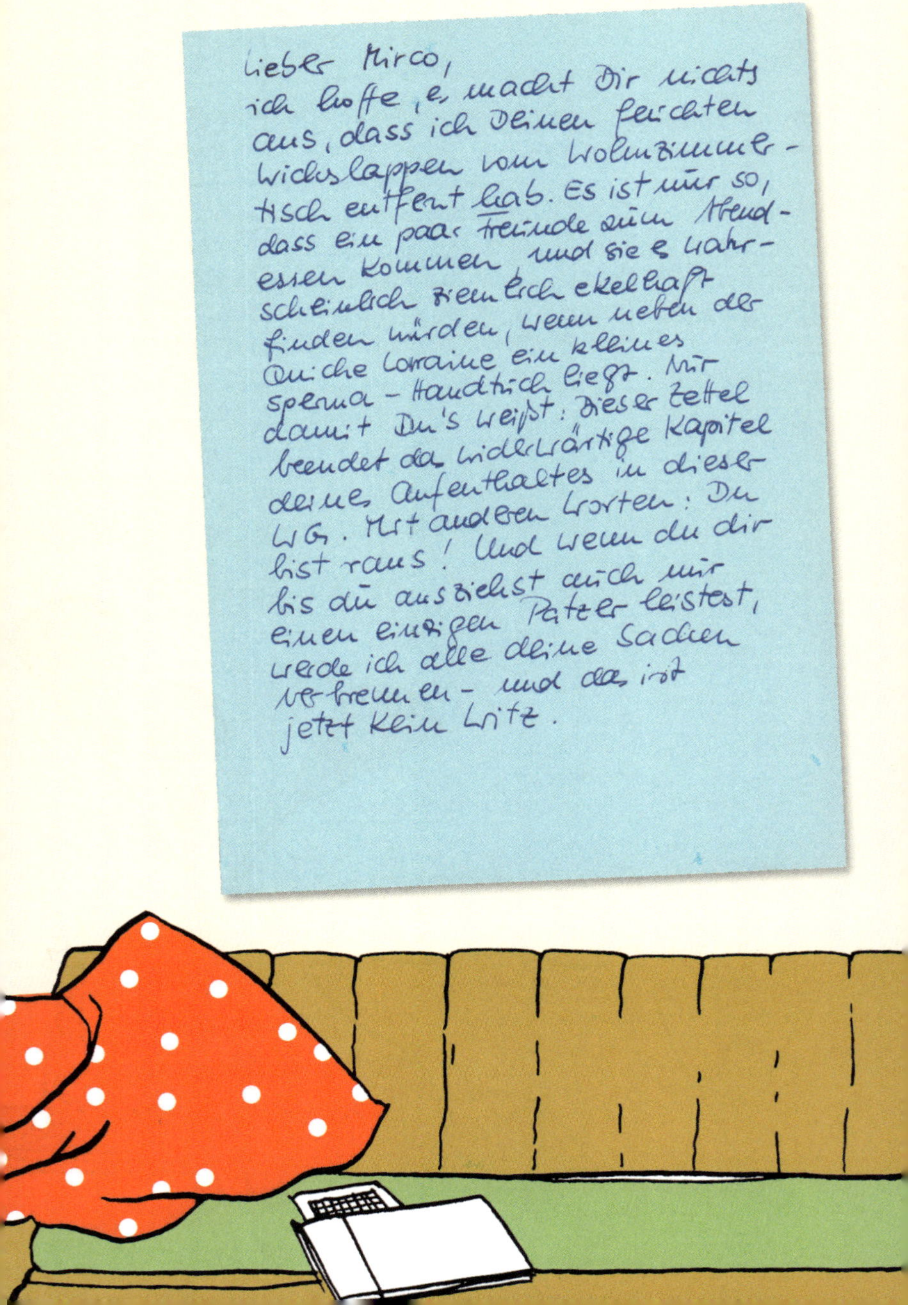

Lieber Mirco,
ich hoffe, es macht Dir nichts
aus, dass ich Deinen feuchten
Wichslappen vom Wohnzimmer-
tisch entfernt hab. Es ist nur so,
dass ein paar Freunde zum Abend-
essen kommen, und sie es wahr-
scheinlich ziemlich ekelhaft
finden würden, wenn neben der
Quiche Lorraine ein kleines
Sperma-Handtuch liegt. Nur
damit Du's weißt: Dieser Zettel
beendet das widerwärtige Kapitel
deines Aufenthaltes in dieser
WG. Mit anderen Worten: Du
bist raus! Und wenn du dir
bis du ausziehst auch nur
einen einzigen Patzer leistest,
werde ich alle deine Sachen
verbrennen – und das ist
jetzt kein Witz.

Es gibt Fälle, in denen es nur allzu verständlich ist, wenn man einer direkten Konfrontation lieber aus dem Weg gehen möchte – und dieser zählt ganz bestimmt dazu. Die Nachricht dient in erster Linie dem Zweck, den betreffenden Übeltäter zu beschimpfen. Der gute Mann hat einen stillen Moment dazu genutzt, die Wonnen sexueller Befriedigung auszukosten – und zwar im Wohnzimmer. Das allein wäre ja noch entschuldbar – hätte die betreffende Person wenigstens genug Anstand besessen, die Beweismittel zu entfernen. Aber manchmal kommt's halt, wie's kommt …

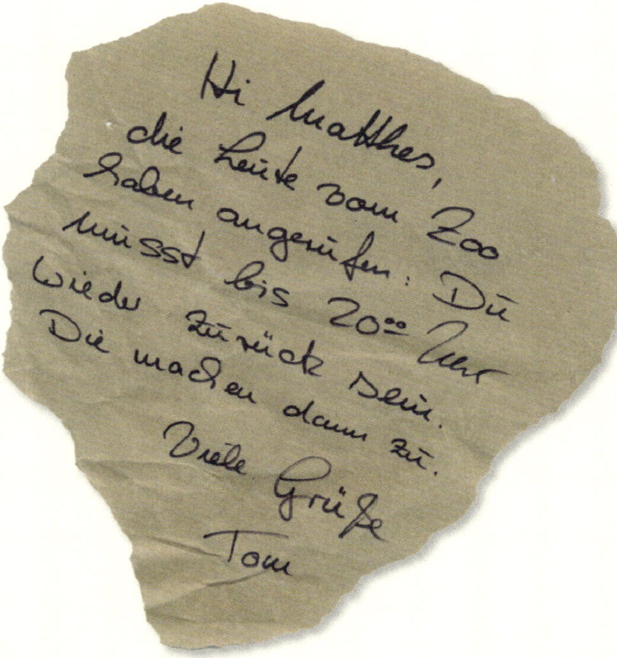
Hi Matthes,
die Leute vom Zoo
haben angerufen: Du
müsst bis 20°° Uhr
wieder zurück sein.
Die machen dann zu.
Viele Grüße
Tom

Nicht gerade besonders subtil, aber dennoch effektiv.

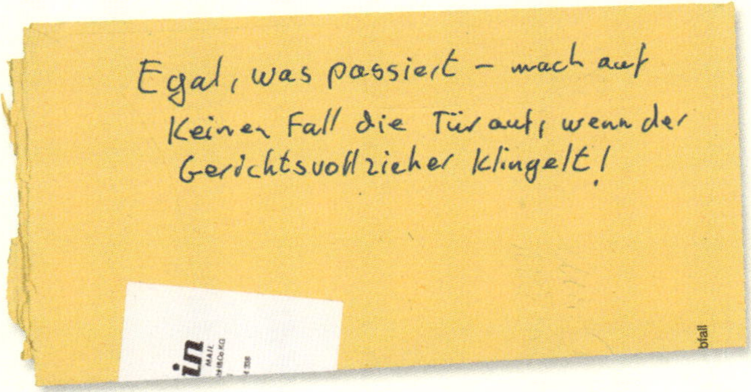

Ah, das kommt einem doch bekannt vor. Eine Zeit lang habe ich einem WG-Mitbewohner brav monatlich meinen Nebenkostenanteil überwiesen, weil er versprochen hatte, sich um die Gesamtabrechnung zu kümmern. Was ich nicht wusste, war, dass der Kollege das Geld keineswegs an den Vermieter weiterleitete, sondern fröhlich damit seine zahlreichen Laster finanzierte. Als es dann eines Tages klingelte und der Gerichtsvollzieher vor der Tür stand, wurde mir klar, dass etwas nicht stimmte. Denn wenn der Gerichtsvollzieher vor der Tür steht, bedeutet das in der Regel, dass die Wohnung innerhalb kürzester Zeit leer geräumt wird – zumindest wenn man so dumm ist, die Tür zu öffnen. Der Mitbewohner aber, der vermutlich gerade mein Geld in der nächsten Nacktbar verballerte, war offensichtlich so bescheuert zu glauben, dass die Sache niemals auffliegen würde. Gemeinsam mit dem Gerichtsvollzieher entdeckte ich übrigens Berge von Mahnbriefen, die der Schlaumeier in einem Schuhkarton auf dem Schreibtisch versteckt hatte – ganz schön clever, der Junge!

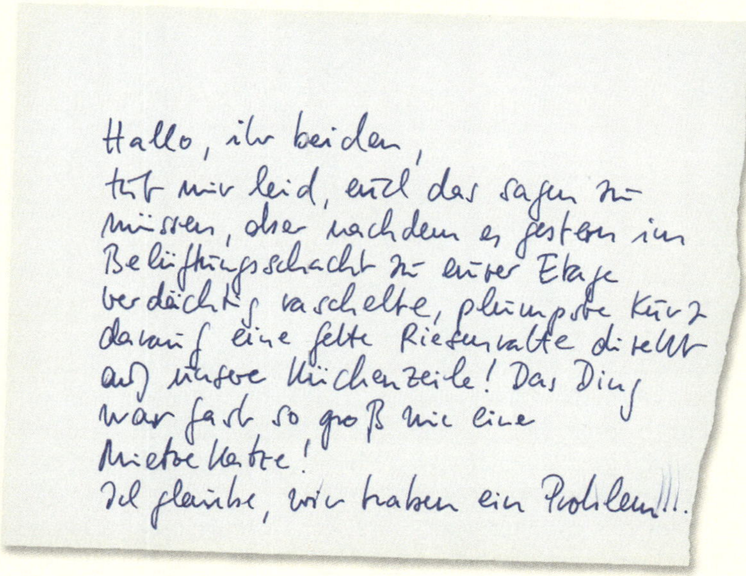
Hallo, ihr beiden,
tut mir leid, euch das sagen zu müssen, aber nachdem es gestern im Belüftungsschacht zu eurer Etage verdächtig raschelte, plumpste kurz darauf eine fette Riesenratte direkt auf unsere Küchenzeile! Das Ding war fast so groß wie eine Mietzekatze!
Ich glaube, wir haben ein Problem!!!

Sie beobachten dich, und sie lauern hinter jeder Ecke. Ja, genau: Nager und andere bösartige Schädlinge. Wenn man einer vor Kurzem veröffentlichten Statistik Glauben schenken darf, kommen auf jeden Einwohner in einer Großstadt drei Ratten. Bisher war ich davon überzeugt, ich hätte nur zwei Mitbewohner; vielleicht sind es aber doch ein paar mehr … Und diese Art von »Untermietern« ist noch weniger gesellschaftsfähig als die schrägen Vögel, mit denen man sich die Miete teilt.

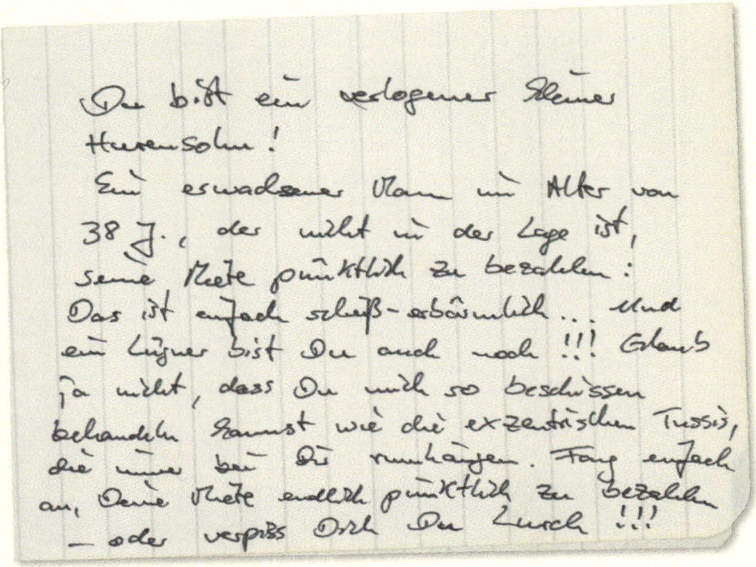

Du bist ein verlogener kleiner Hurensohn!
Ein erwachsener Mann im Alter von 38 J., der nicht in der Lage ist, seine Miete pünktlich zu bezahlen: Das ist einfach scheiß-erbärmlich ... Und ein Lügner bist Du auch noch!!! Glaub ja nicht, dass Du mich so beschissen behandeln kannst wie die exzentrischen Tussis, die immer bei Dir rumhängen. Fang einfach an, Deine Miete endlich pünktlich zu bezahlen – oder verpiss Dich Du Lurch!!!

Oops, kann es sein, dass da jemand böse ist?

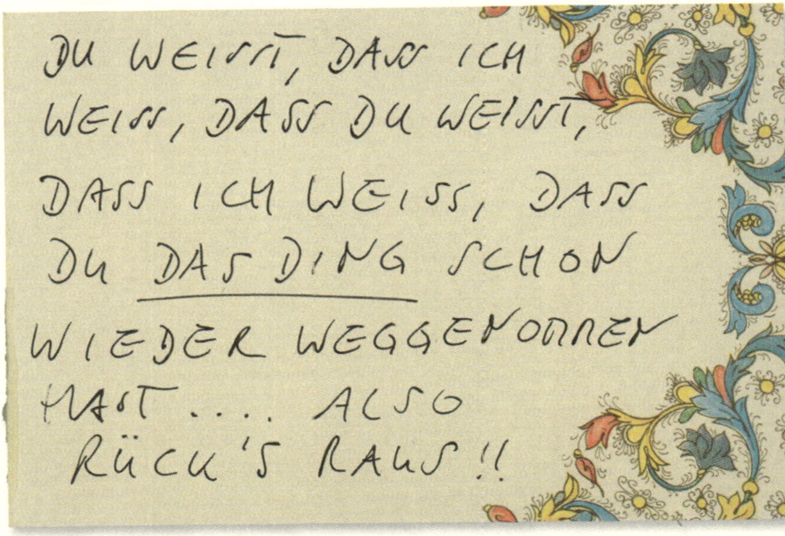

Die Tatsache, dass »das Ding« nicht weiter spezifiziert wird, macht diese Nachricht so beunruhigend: Es bleibt bei einer mysteriösen und unheimlichen Andeutung! Das ist genau die Art von Nachricht, welche die Mafia einem Opfer hinterlässt, um ihm zu verklickern, dass dies die letzte Chance ist, seine Schulden zu begleichen, bevor die Betonstiefel zum Einsatz kommen.

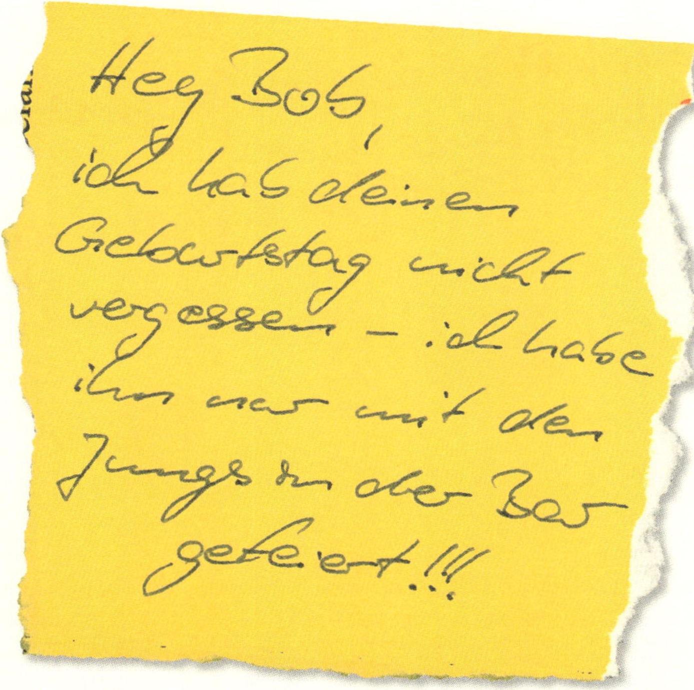
Hey Bob,
ich hab deinen Geburtstag nicht vergessen – ich habe ihn nur mit den Jungs in der Bar gefeiert!!!

So einen Typen muss man einfach gerne haben: Das ist so die Kategorie ›liebenswerter Halunke‹. Der Spruch soll wie eine Entschuldigung klingen, aber der Typ ist viel zu gut drauf, als dass ihm irgendetwas wirklich leidtun könnte. *Chapeau!*

Mütter der Welt, wir fühlen mit euch! Die Menschheit besteht aus zwei Arten von Menschen: denjenigen, die ihre Mutter anrufen, und denen, die sie nicht anrufen. Ich kannte einmal einen Typen, der seine Mutter täglich anrief, nicht selten sogar zweimal am Tag. Er beendete das Gespräch immer mit den Worten: »Ich liebe dich *so sehr*.« – Um Himmels willen! Aber so ist es nun mal: Manche Leute leiden an einem Ödipus-Komplex, andere sehen ihre Mutter so selten, dass sie, wenn Mama dann doch mal vor der Tür steht, sagen: »Wer sind Sie? Kann ich Ihnen helfen?«

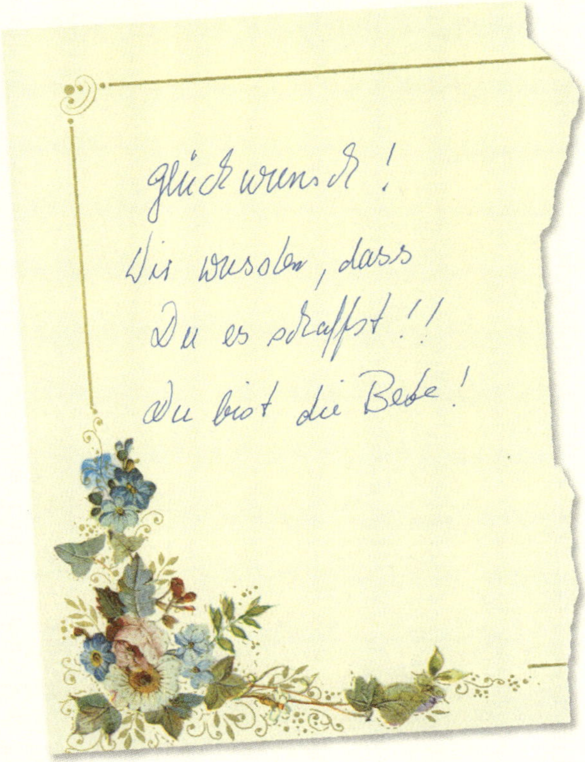

Wenn eine Wohngemeinschaft aus irgendwelchen Gründen doch harmonisch funktioniert, ist es das Beste, was einem passieren kann. Die WG ist dann eine Art erweiterte Familie. Und außerdem spart man sich das Geld für den Therapeuten.

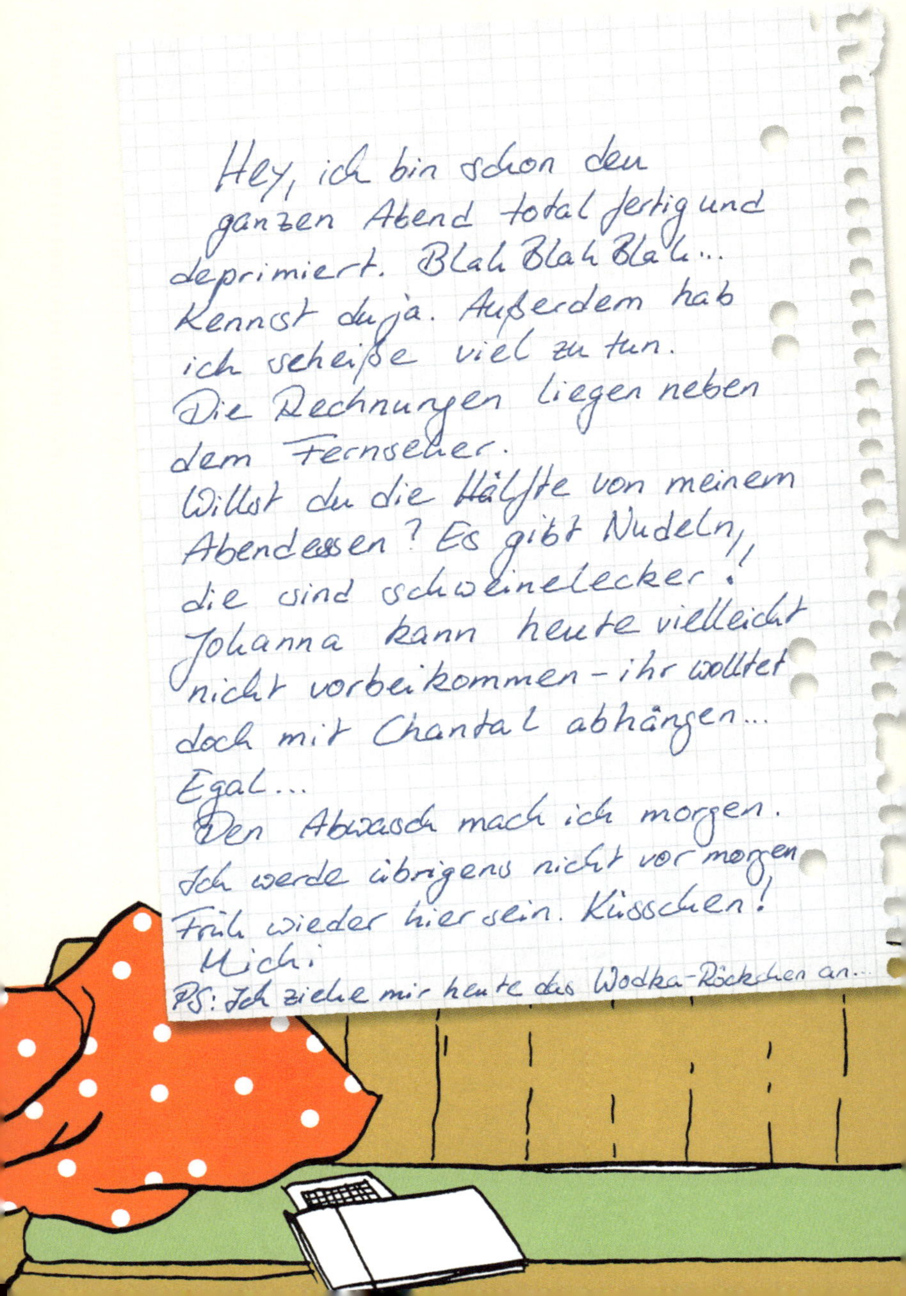
Hey, ich bin schon den
ganzen Abend total fertig und
deprimiert. Blah Blah Blah...
Kennst du ja. Außerdem hab
ich scheiße viel zu tun.
Die Rechnungen liegen neben
dem Fernseher.
Willst du die Hälfte von meinem
Abendessen? Es gibt Nudeln,
die sind schweinelecker!
Johanna kann heute vielleicht
nicht vorbeikommen – ihr wolltet
doch mit Chantal abhängen...
Egal...
Den Abwasch mach ich morgen.
Ich werde übrigens nicht vor morgen
früh wieder hier sein. Küsschen!
Michi
PS: Ich ziehe mir heute das Wodka-Röckchen an...

Die Brisanz dieser Nachricht könnte man leicht übersehen, weil die Kernaussage erst im Nachsatz auftaucht. Das »Wodka-Röckchen anziehen«?! Ich habe bei der Autorin dieser Notiz ein paar Nachforschungen angestellt. Dabei stellte sich heraus, dass das sogenannte »Wodka-Röckchen« unter dem Einfluss ebenjener berauschenden Substanz käuflich erworben wurde. Der ästhetische Wert dieses Kleidungsgegenstandes hielt einem kritischen Urteil in nüchternem Zustand allerdings nicht stand: Bei Tageslicht besehen stellte sich die schicke Haute-Couture-Kreation als eine modische Entgleisung der übelsten Sorte heraus – für die man außerdem viel zu viel Geld ausgegeben hatte. Und somit war »Ich ziehe mir heute das Wodka-Röckchen an« das verschlüsselte Losungswort für eine hemmungslose Sauforgie, die womöglich wieder einen grauenhaften Spontankauf zur Folge haben könnte.

Notizen
Ich weiß, es ist kaum zu glauben, aber:
Die Miete ist immer noch nicht überwiesen worden!!!
(Aber ist ja auch erst 8 Wochen überfällig ...)

Die Miete. Sie ist in vielen Fällen die Ursache allen Übels und vergiftet jedes noch so harmonische Zusammenleben. Alles läuft ganz wunderbar, bis es ums Geld geht. Interessanterweise gibt es in einer WG immer genau eine Person, die in der Lage ist zu begreifen, dass das Bezahlen der Miete die Voraussetzung dafür ist, dass man in der WG wohnen darf. Den anderen scheint diese Tatsache auf wundersame Weise verborgen zu bleiben. Diese besondere Art der sozialen Arbeitsteilung hat zur Folge, dass Ersterer alles für die anderen erledigt (siehe dazu auch das Badezimmerkapitel). Er ist der unbezahlte Kassenwart und Hausmeister der Wohngemeinschaft, der immer schön in Vorleistung geht. Und der Prototyp des Miete prellenden WG-Schmarotzers sagt: *Korrekt!*

Bitte, bitte,
BITTE...
Sammelt Ihre
Sachen ein!

Du hast die Wäsche gewaschen, du hast gestaubsaugt, und du hast das Wohnzimmer aufgeräumt. Du hast die Sachen deiner Mitbewohner gestapelt, damit diese wieder ihren rechtmäßigen Besitzern zugeführt und verstaut werden können. Ein klein bisschen Ordnung, mehr verlangst du gar nicht – nachdem du schon den Schimmel aus den Badezimmerecken gekratzt und den total vereisten Kühlschrank abgetaut hast. Die Tage ziehen ins Land, und die aufgetürmten Besitztümer stehen immer noch im Hausflur, bedeckt von einer immer dicker werdenden Staubschicht. Das ist offensichtlich der Zeitpunkt, an dem der Zettel oben geschrieben wurde. Meine Empfehlung: Wenn es einmal so weit gekommen ist, dass die andern dich schamlos als WG-Putze missbrauchen, schreib lieber einen Zettel, auf dem steht, welche Funktion die Haustür hat und dass die lieben Mitbewohner diese doch bitte schleunigst benutzen sollten – und zwar um sich eine andere WG zu suchen.

Ich zahl die Miete –
Was machst du?!
Meine Wohnung ist kein
Obdachlosenheim,
also sei so nett und
überweis endlich die
Kohle!

In diesen harten Zeiten ist es schon schwer genug, allein über die Runden zu kommen. Wenn man zusätzlich aber auch noch als Wirtszelle für einen verpeilten Miet-Parasiten herhalten muss, ist irgendwann Schluss mit lustig. Wenn man in einer solchen Situation bei einer Behörde ein Formular ausfüllen müsste, auf dem die Frage auftaucht, ob es Unterhaltsberechtigte gibt, für die man die finanzielle Verantwortung übernommen hat, wäre wohl die korrekte Antwort: *Ja, alle meine Mitbewohner!*

Hey Anne,

ich habe Anlass zur Befürchtung, dass unser Vermieter in der Wohnung rumschnüffelt, wenn wir weg sind. Einige Magazine wurden auf jeden Fall durchgeblättert, und es fehlen Kekse von meiner Prinzenrolle!! Das verstößt doch gegen das Gesetz, oder?! (Also das mit dem Vermieter, nicht die Kekse) Kannst du vielleicht deinen Vater fragen, was er davon hält? Vielleicht besorge ich mir ein Extraschloss für meine Tür. Lass uns heute Abend mal gemeinsam überlegen.

Wer kann schon von sich behaupten, er würde wegschauen, wenn es was zu sehen gibt? Wer würde nicht einen Blick in ein Tagebuch werfen, das offen herumliegt? Wenn ein Vermieter erst mal angefangen hat, ein wenig zu schnüffeln, ist die Versuchung groß, die Expeditionen auszudehnen. Es beginnt mit einer kleinen heimlichen Stippvisite, und beim nächsten Mal wird schon ein bisschen in den Zeitschriften geblättert. Ehe man sich versieht, lässt der gute Mann sich ein Bad ein, probiert die Unterwäsche aus dem Wandschrank an und macht sich über die Kekspackung auf dem Nachttisch her ... Jeder kennt diese Großstadtmythen über Vermieter, die sich in der Wohnung ihres Mieters mit schmutzigen Spielchen vergnügen, um dann festzustellen, dass sie die ganze Zeit von einer Kamera hinter dem Spiegel gefilmt wurden. Von einem Vermieter, der sich über eine Packung Prinzenrolle hermacht, hatte ich allerdings noch nichts gehört.

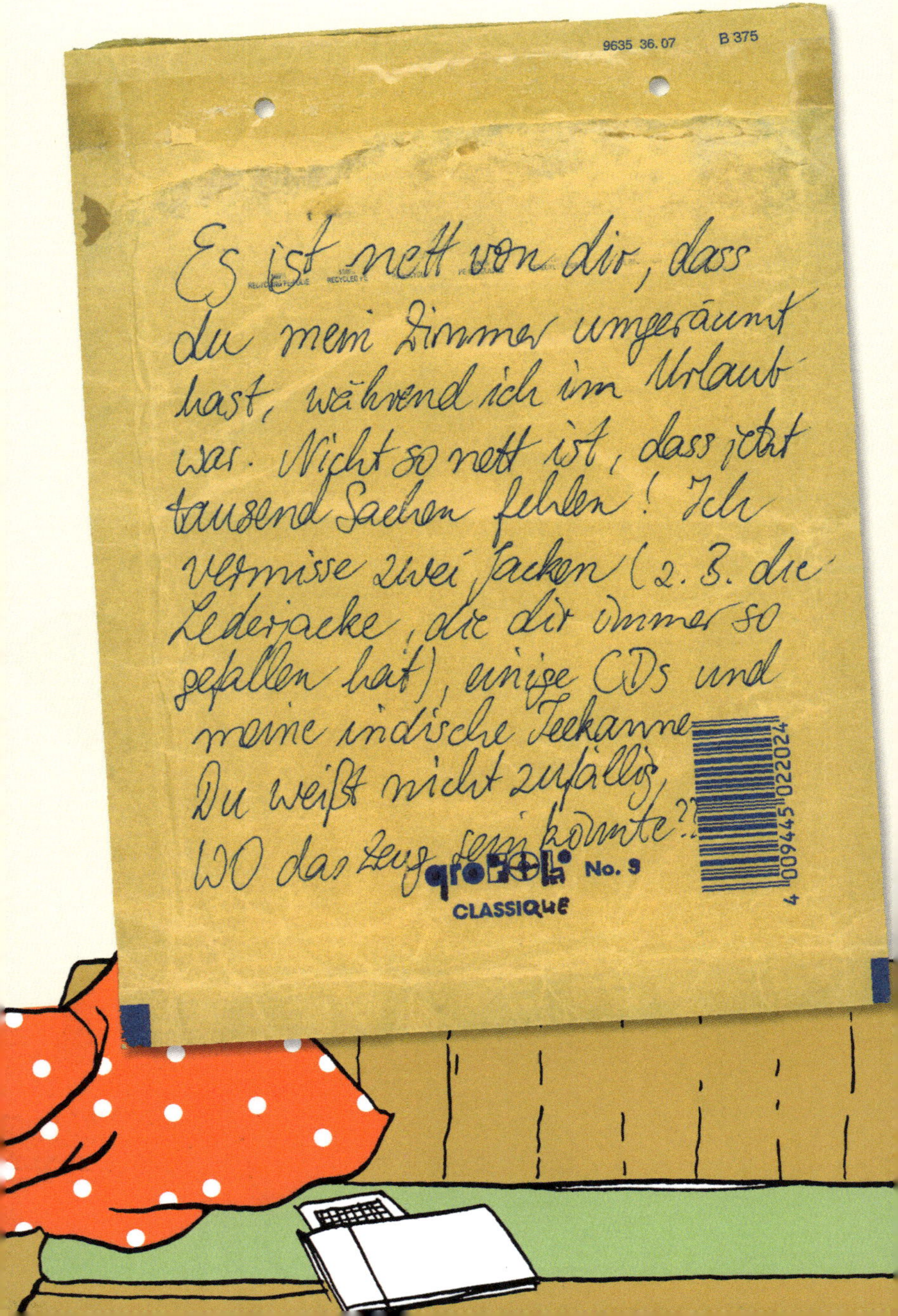
Es ist nett von dir, dass
du mein Zimmer umgeräumt
hast, während ich im Urlaub
war. Nicht so nett ist, dass jetzt
tausend Sachen fehlen! Ich
vermisse zwei Jacken (z. B. die
Lederjacke, die dir immer so
gefallen hat), einige CDs und
meine indische Teekanne.
Du weißt nicht zufällig,
WO das Zeug sein könnte??

Es ist schön, wenn deine Mitbewohner denselben Geschmack haben wie du. Nicht so schön ist es hingegen, wenn sie ihn so sehr zu schätzen wissen, dass sie dir deine Sachen klauen. Es ist natürlich immer schwer, so was zu beweisen. Noch schwerer ist es allerdings, sich klarmachen zu müssen, dass einer deiner Mitbewohner dir in die Augen schaut und dich ohne rot zu werden belügt. Ein WG-Bewohner hat mir einmal die folgende Anekdote erzählt: Er bemerkte irgendwann, dass seine Geldvorräte auf wundersame Weise ganz von alleine zu schrumpfen begannen. Als er eines Tages nichts ahnend von der Arbeit nach Hause kam, erwischte er einen seiner Mitbewohner dabei, wie er sich schamlos aus seiner Gelddose bediente. Als er ihn zur Rede stellen wollte, sagte der nur: »Was hast du für ein Problem? Ich brauchte es, du hattest es.« Hier hört der Spaß doch auf – oder etwa nicht? Wie dem auch sei, wer so dreist ist, seinen Mitbewohner zu beklauen, der hat auch kein Problem damit, ihn zu belügen. Nur wenn derjenige dabei noch die Klamotten trägt, die er vorher aus deinem Wandschrank geholt hat, denkt man sich: *Muss das sein?!*

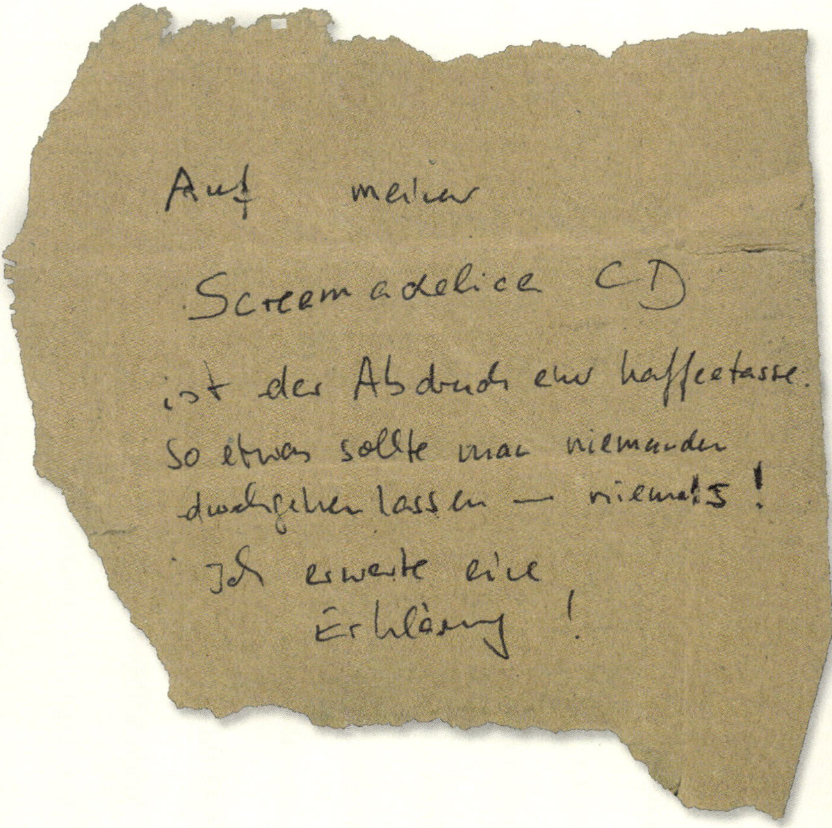

Auf meiner

Screamadelica CD

ist der Abdruck einer Kaffeetasse.

So etwas sollte man niemanden

durchgehen lassen — niemals!

Ich erwarte eine

Erklärung!

Das ist das Schicksal, das letzten Endes allen CDs bevorsteht. Mit der Einführung von MP3-Playern scheint sich die Lebensspanne von den Dingern drastisch zu verkürzen. Tatsache ist aber auch: Ihre natürliche Lebenserwartung war ohnehin nie sonderlich hoch. Zugegeben, es ist keine Art, einfach irgendwelche Heißgetränke auf ihnen abzustellen; aber CDs sind so empfindlich, dass sie auf mysteriöse Art und Weise sogar Kratzer und Rillensprünge bekommen, wenn man sie nur schräg anschaut. Und bist du schon mal mit einem tragbaren CD-Player joggen gegangen? Es ist ungefähr so, als ob man die ganze Zeit von jemandem angebrüllt wird, der stottert und ein Sprachproblem hat. Ich sage also: Hurra – das Ende der CD ist gekommen! (Die Technik war sowieso totaler Schrott, auch schon damals, als wir sie zum ersten Mal bei »Wunder der Technik« vorgeführt bekommen haben.)

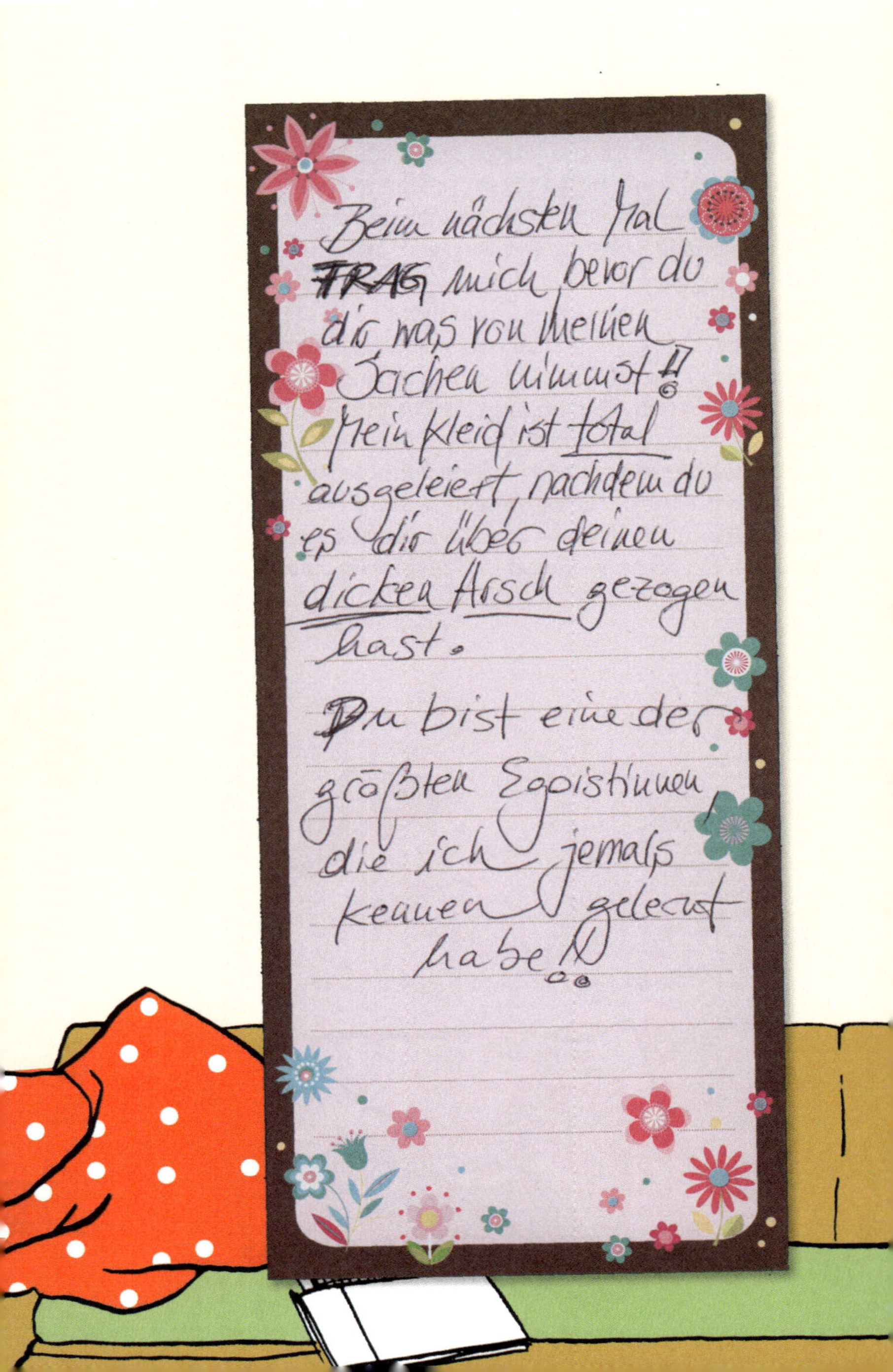
Beim nächsten Mal
FRAG mich bevor du
dir was von meinen
Sachen nimmst!!
Mein Kleid ist total
ausgeleiert, nachdem du
es dir über deinen
dicken Arsch gezogen
hast.
Du bist eine der
größten Egoistinnen,
die ich jemals
kennen gelernt
habe!!

Über diesen Zettel kann ich immer wieder aufs Neue lachen. Jedes Mal wenn ich ihn lese, hab ich das Bild von jemandem im Kopf, der auf seinem Wohnzimmerboden etwas entdeckt, das eher an einen riesigen Gummistrumpf erinnert als an das schmal geschnittene Kleid, das es mal gewesen ist. Das ursprüngliche Muster ist total verzogen, der Stoff ist völlig ausgeleiert und hat entfernte Ähnlichkeit mit dem unglücklichen Mann von Edvard Munchs Gemälde »Der Schrei«. Und tatsächlich: Es kommt gar nicht so selten vor, dass Menschen ihre Kleidergrößen sehr unterschiedlich einschätzen. Die Frau, die dem Kleid eine unbeabsichtigte »Dehnübung« verschafft hat, muss wohl behauptet haben, dass sie Größe 36 trägt, obwohl es genau genommen eigentlich eher Größe 40 (42, 44 ...) ist. In vielen Fällen hat das eine Menge mit Luftanhalten und Baucheinziehen zu tun. Auch ich bin schon aus der Umkleidekabine rausgekommen und sah aus wie eine Presswurst. Und alles nur, weil ich in 36 passen wollte! Irgendwie bewundere ich aber auch die von dem Zettel angesprochene Frau. Ihr war alles egal – das Einzige, was zählte, war ein tolles Outfit für den Abend – auch wenn es zur Konsequenz hatte, dass das Kleidungsstück am Ende so aussehen würde wie ein monströses, schlabberiges Stück Blätterteig.

WG GELD
FÜR HAUSHALTS-
PRODUKTE

Das ist eine wunderbare Idee, die garantiert in noch keiner WG funktioniert hat. »Okay, in dieses Glas tut jeder etwas Geld rein, für Klopapier, Spülmittel und andere wichtige Haushaltsprodukte.« *Hmm* – und wenn dann der Zeitpunkt gekommen ist, einen Kassensturz zu machen, sind in der Regel 43 Cent und ein alter Knopf drin. Noch schlimmer ist es aber, wenn man sich enthusiastisch an der Gemeinschaftsaktion beteiligt und am Ende definitiv weniger Geld drin ist als man reingesteckt hat. In einer WG gibt es halt immer jemanden, der der festen Überzeugung ist, dass zu den »wichtigen Haushaltsprodukten« immer auch ein paar Dosen Bacardi-Cola gehören.

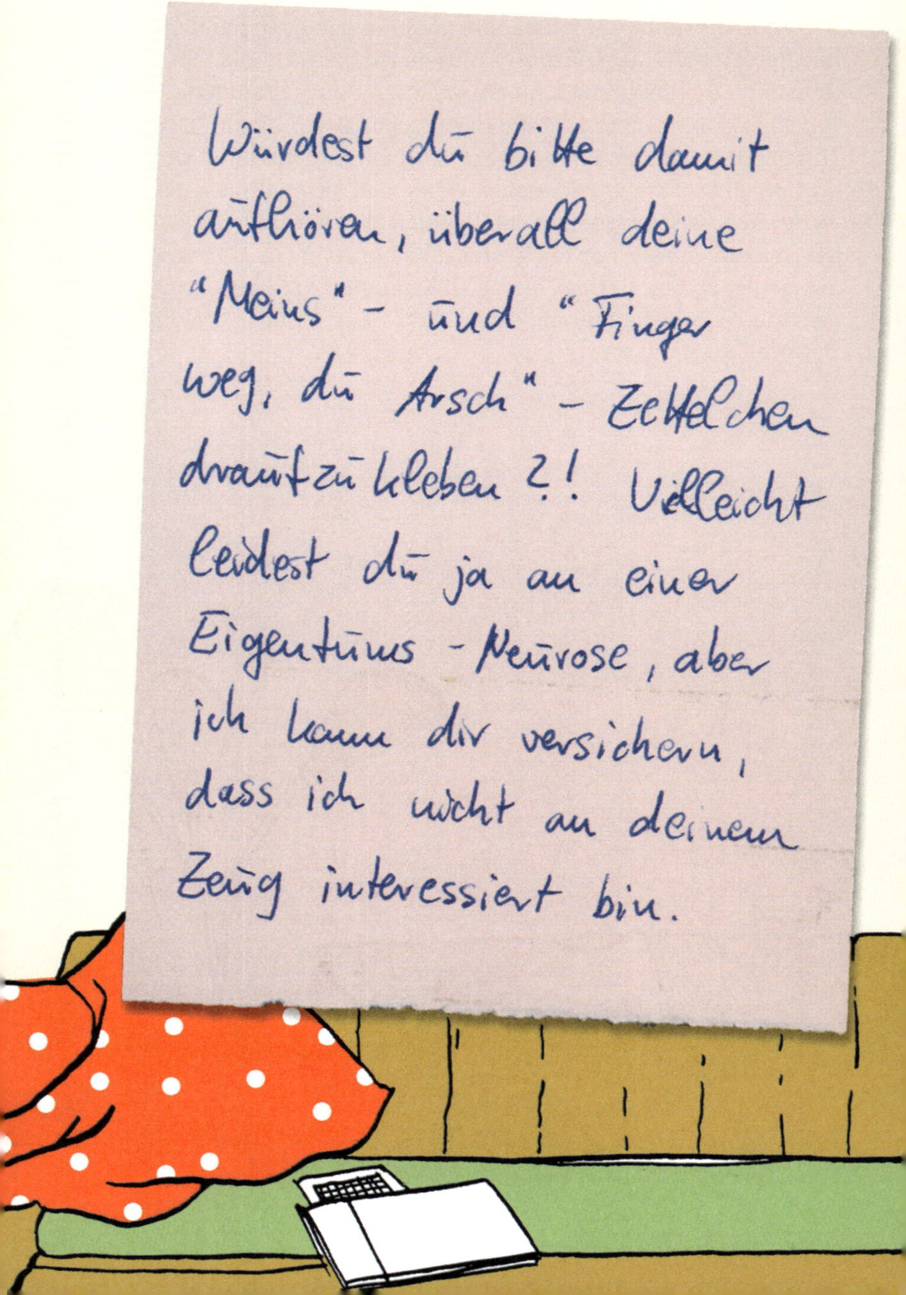

Würdest du bitte damit aufhören, überall deine „Meins"- und „Finger weg, du Arsch"-Zettelchen draufzukleben?! Vielleicht leidest du ja an einer Eigentums-Neurose, aber ich kann dir versichern, dass ich nicht an deinem Zeug interessiert bin.

Manche Personen haben im Laufe ihres WG-Lebens eine labile Persönlichkeit entwickelt oder sind paranoid geworden. Um potenzielle Störfaktoren des harmonischen Zusammenlebens gleich im Keim zu ersticken, ist der mit diesem Zettel angesprochene Mitbewohner über das Ziel hinausgeschossen. Diesen feindseligen Reviermarkierungen müssen wohl einige Vorfälle von Lebensmittelmissbrauch vorausgegangen sein: Übergriffe auf Joghurtbecher, Kidnapping von Müslipackungen etc. Aber hey – der Mann versucht doch nur, sein Eigentum zu verteidigen!

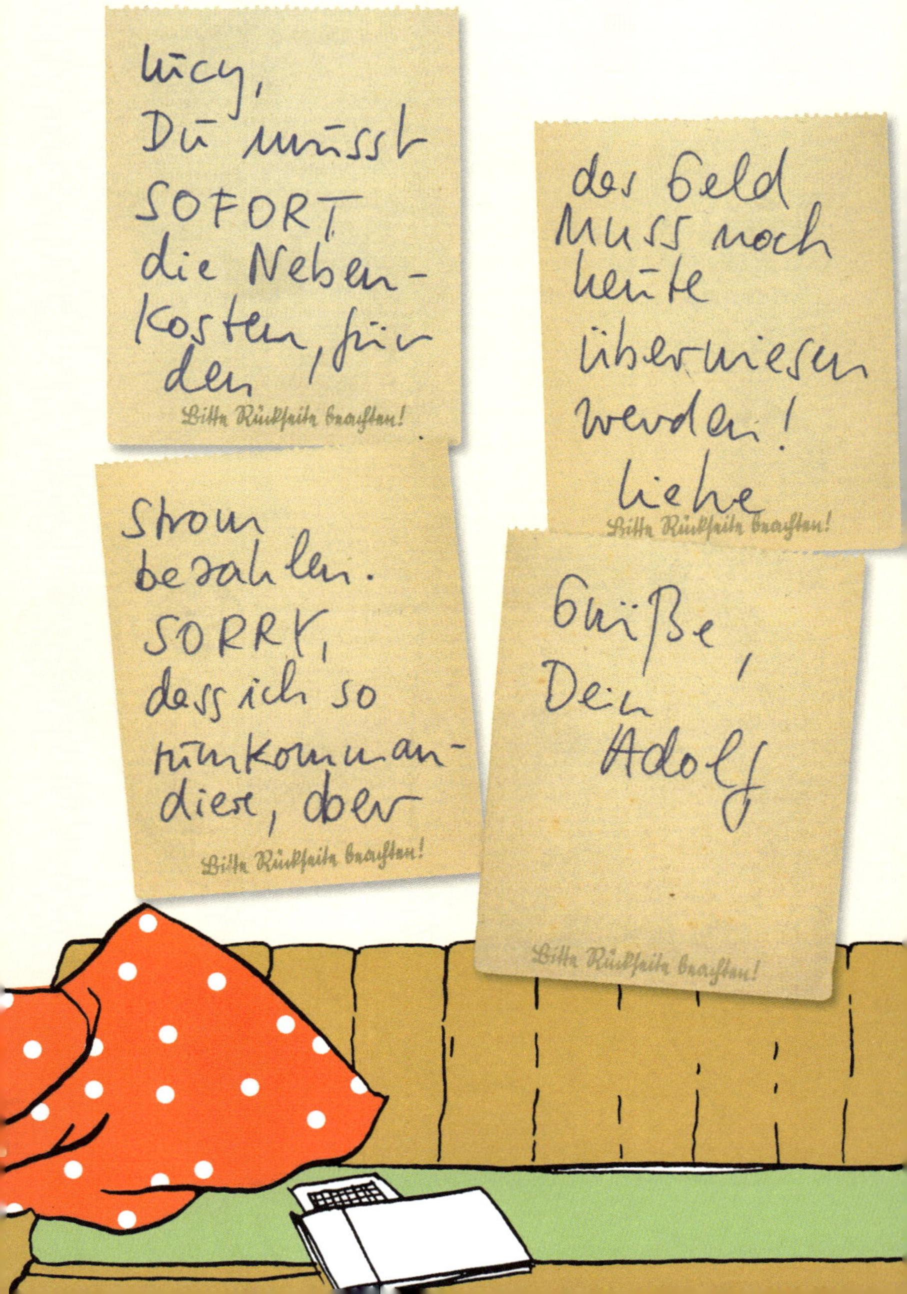
Lucy,
Du musst
SOFORT
die Neben-
kosten, für
den
Bitte Rückseite beachten!
Strom
bezahlen.
SORRY,
dass ich so
rumkommandiere, aber
Bitte Rückseite beachten!
das Geld
muss noch
heute
überwiesen
werden!
Liebe
Bitte Rückseite beachten!
Grüße,
Dein
Adolf
Bitte Rückseite beachten!

Hitler war garantiert gut organisiert und hatte auch kein Problem damit, für knallharte Disziplin zu sorgen. Trotzdem: Als WG-Mitbewohner wäre er nicht meine erste Wahl. Das gilt übrigens für fast alle faschistischen Diktatoren.

Moskito

Streng genommen handelt es sich hierbei nicht um einen klassischen WG-Zettel, aber ich wollte dieses Exemplar trotzdem in die Sammlung aufnehmen, weil es einen hohen Aussagegehalt hat. Wenn über Nacht eine Horde Moskitos über dich hergefallen ist wie über eine menschliche Imbissbude, dann gibt es ein böses Erwachen. Dein Körper sieht aus wie eine Mondlandschaft, die verschiedenen »Krater« zeigen die Zapfstellen an, an denen sich die Insekten bedient haben. Trotzdem: Wenn es nach mir geht, sind Mücken nicht gerade die schlimmsten Schädlinge im Lande. Dieser Platz war immer schon für den Staatsfeind *numero uno* reserviert – Mäuse. Diese kleinen Nager sind die raffiniertesten von allen! Wenn man sie nach langer Jagd endlich gefangen hat, schauen sie einen unschuldig an, tun ganz harmlos und machen auf süß. Und dann vergisst man, wie viele ihrer Köttelchen man schon mit seinem Früchtemüsli verzehrt hat. Hast du wirklich geglaubt, dass die Müslihersteller ihre Spendierhosen anhatten und die Packung einfach mit ein paar Extra-Rosinen aufgefüllt haben? Von wegen! Schau dir nur mal die Knabberspuren an der Verpackung an, dann wird dir schnell klar, dass du dich in den letzten Wochen von Haferkleie und Mäusemist ernährt hast. Aber was soll's, sind ja auch nur Ballaststoffe. Um aber noch mal auf die kleinen Blutsauger zurückzukommen: Angesichts der nächtlichen Ruhestörung kann man die diabolische Freude schon nachvollziehen, die jemand empfindet, der ein solches Exemplar »erlegt« hat. Es ist nicht gerade ein ausgestopfter Hirschkopf an der Wand – aber ein Moskito auf einem Stück Papier ist immer noch eine Trophäe, die es durchaus wert ist, ausgestellt zu werden. Außerdem handelt es sich dabei um eine Art von Jagd, gegen die ich nichts einzuwenden habe.

Dieser Hinweis wird dich vielleicht nicht interessieren, aber ich muss es doch loswerden: Die diktatorische Art, mit der du bestimmst, welches Programm wir schauen, sorgt bei mir für schlechte Stimmung. Die Wiederholungen von O.C California sind für dich doch nur ein Vorwand, um leicht bekleidete Mädchen anzugaffen, die gerade erst die Geschlechtsreife erreicht haben.

Ich verstehe Spaß, glaub mir, aber dass du die Fernbedienung versteckt hast, beweist mir einmal mehr, wie kindisch du bist!

Kindisch ja, aber vermutlich auch sehr witzig. Als Frau empfinde ich vieles aus dem TV-Programm als deprimierend, aber man muss doch anerkennen, dass die meisten Serien zumindest ansatzweise so etwas Ähnliches wie eine Handlung haben. In anderen Ländern gibt es außer den Nachrichten fast nichts anderes mehr als Casting-Shows und Model-Contests (bezeichnenderweise allesamt in der Kategorie »Bikini-Schönheit«). Natürlich: Das Letzte, was man an einem Samstagmorgen sehen möchte, ist jemand, der halb so alt ist wie man selbst und dessen Haut so straff ist, dass ein 20-Cent-Stück in hohem Bogen wegspringen würde, wenn man es ihnen auf den Bauch fallen ließe. Der Schlüssel zum harmonischen Zusammenleben ist bekanntlich der Kompromiss. Wenn du aber nicht bereit bist, in Sachen TV einen Kompromiss zu schließen, dann musst du alle Privatsender in den Voreinstellungen löschen und die Batterien aus der Fernbedienung verstecken.

AN ALLE WACKEREN RECKEN!

ICH RATE IN ZUKUNT DRINGEND DAVON AB, SICH VON DEN STAMMKUNDEN IM "KARLSECK" NACH LADENSCHLUSS AUF EINEN ABSACKER EINLADEN ZU LASSEN – ES SEI DENN, ES MACHT EUCH NICHTS AUS, AM NÄCHSTEN MORGEN IN KLAMOTTEN AUFZUWACHEN UND FESTZUSTELLEN, DASS EUER RUCKSACK SPURLOS VERSCHWUNDEN IST.

ICH WERDE JETZT ALSO DEN REST DES TAGES DAMIT VERBRINGEN, HERAUSZUFINDEN, WIE ICH NACH HAUSE GEKOMMEN BIN UND WO ZUM TEUFEL MEINE SACHEN SIND.

ZUM GLÜCK MUSSTE ICH HEUTE MORGEN KEIN TAXI FÜR DAS BARMÄDCHEN RUFEN!

LUKE

Noch ein Zettel, in dem jemand sein Leidwesen klagt und über die Nebenwirkungen seiner Ausschweifungen jammert. Es ist ganz schön hart, wenn man allein in seiner Wohnung mit einem albtraumartigen Gefühl aufwacht und nicht rekonstruieren kann, was man in der Nacht wo und vor allem mit wem so getrieben hat. Für unseren Zettelautor ist das Ganze aber noch sehr viel schwerer zu ertragen: denn er hatte ein Publikum! Und dieses Publikum erinnert ihn – das kann man unschwer zwischen den Zeilen lesen – nur allzu gerne daran, auf was für zwielichtige Nachtgestalten er sich wieder eingelassen hat, und zwar nicht nur auf eine Thekenplauderei, sondern auch auf ein romantisches Tête-à-Tête in seinem abgestandenen Zimmerchen. Viel Mitleid bekommt Luke von mir aber nicht – vielleicht sollte er sich beim nächsten Mal doch eher Limonade bestellen.

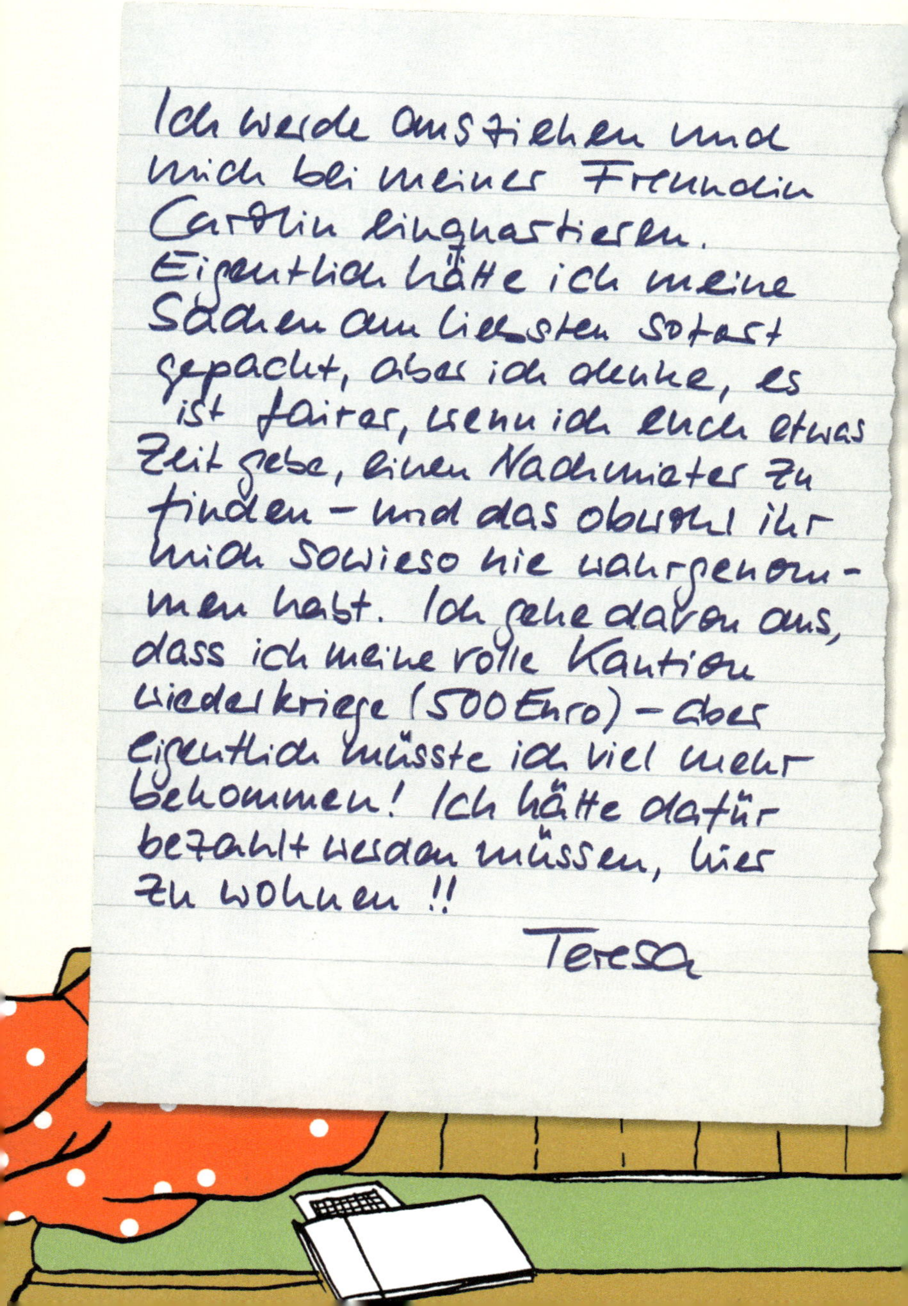
Ich werde ausziehen und
mich bei meiner Freundin
Carolin einquartieren.
Eigentlich hätte ich meine
Sachen am liebsten sofort
gepackt, aber ich denke, es
ist fairer, wenn ich euch etwas
Zeit gebe, einen Nachmieter zu
finden – und das obwohl ihr
mich sowieso nie wahrgenom-
men habt. Ich gehe davon aus,
dass ich meine volle Kaution
wiederkriege (500 Euro) – aber
eigentlich müsste ich viel mehr
bekommen! Ich hätte dafür
bezahlt werden müssen, hier
zu wohnen!!

Teresa

Gekränkt, abgespannt, ignoriert und müde – armes Mädchen. Lustig aber, dass sie ausgerechnet Teresa heißt. Das war aber nicht zufällig Mutter Teresa, oder? Hat die vielleicht in einer WG gewohnt, bevor sie nach Kalkutta gegangen ist? So oder so, dieses Mädchen hatte offensichtlich eine harte Zeit hinter sich. Ich habe allerdings die Befürchtung, dass sie die Kaution nie wiedergesehen hat. Und ihre Mitbewohner erst dann registriert haben, dass sie ausgezogen ist, nachdem sich das schmutzige Geschirr von mehreren Wochen in der Küche stapelte. Dieses Mädchen braucht eine WG, in der man sie ganz doll lieb hat ...

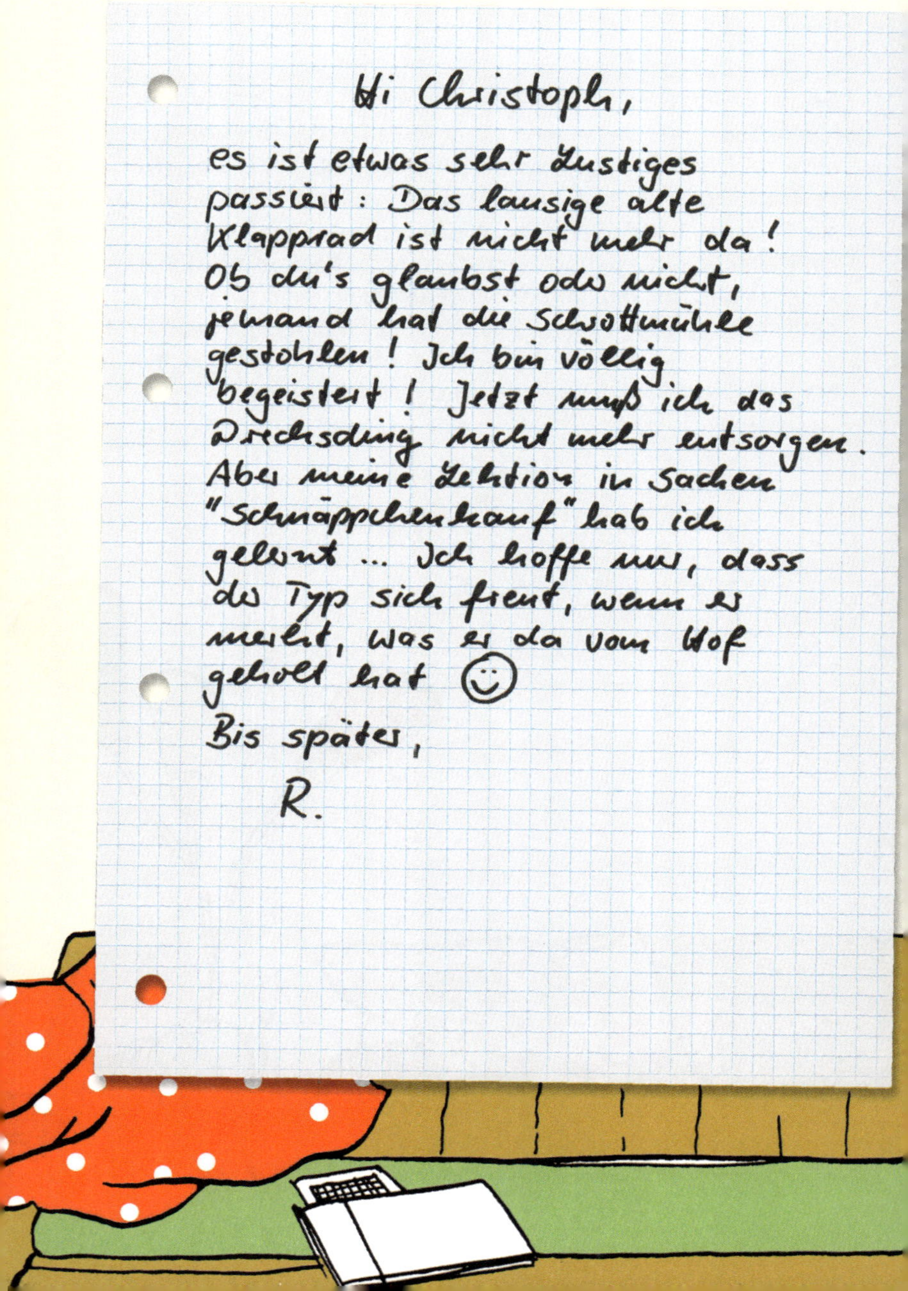

Hi Christoph,

es ist etwas sehr Lustiges passiert: Das lausige alte Klapprad ist nicht mehr da! Ob du's glaubst oder nicht, jemand hat die Schrottmühle gestohlen! Ich bin völlig begeistert! Jetzt muß ich das Dreckding nicht mehr entsorgen. Aber meine Lektion in Sachen "Schnäppchenkauf" hab ich gelernt ... Ich hoffe nur, dass der Typ sich freut, wenn er merkt, was er da vom Hof geholt hat ☺

Bis später,

R.

Es kommt nicht oft vor, dass ein Diebstahl derartige Begeisterung auslöst. In diesem Fall hat der Langfinger nicht nur die Aufgaben der Müllabfuhr übernommen, sondern dabei auch gleichzeitig einen Gegenstand entfernt, der den Besitzer daran erinnerte, dass er mal wieder zu gutgläubig gewesen und auf ein Schnäppchenangebot reingefallen ist.

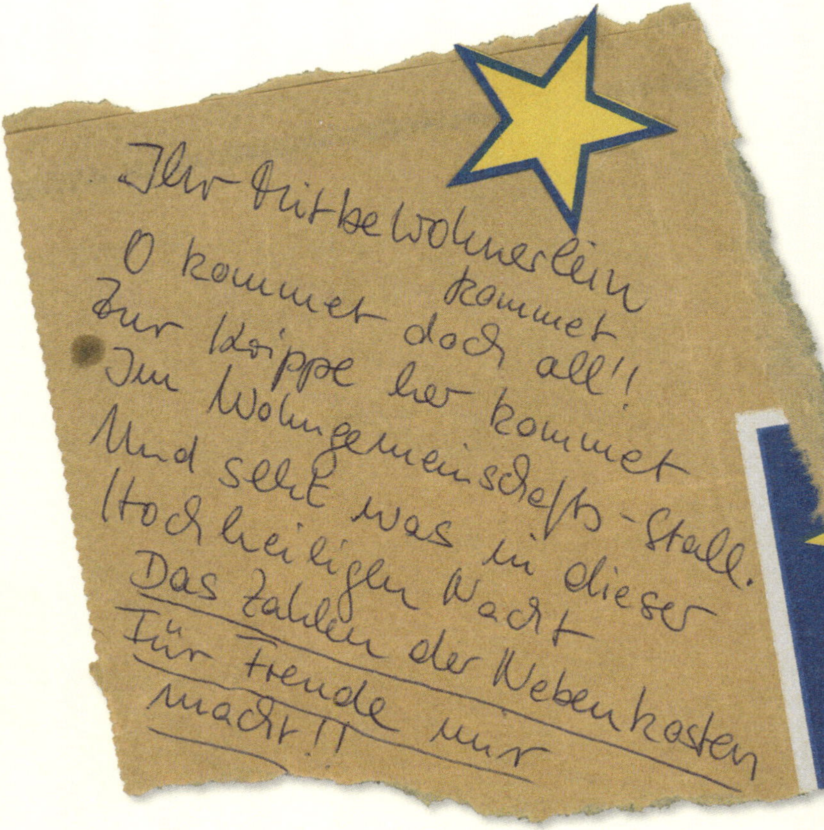
Ihr Mitbewohnerlein
O kommet kommet
Zur Krippe her kommet doch all!!
Im Wohngemeinschafts-Stall.
Und seht was in dieser
Hochheiligen Nacht
Das Zahlen der Nebenkosten
Für Freude mir macht!!

Schön, wenn jemand in der WG ein bisschen Weihnachtsstimmung verbreitet. Nicht so schön ist es aber, die Feiertage dazu zu missbrauchen, die Mitbewohner an offene Rechnungen zu erinnern. *Pfui!*

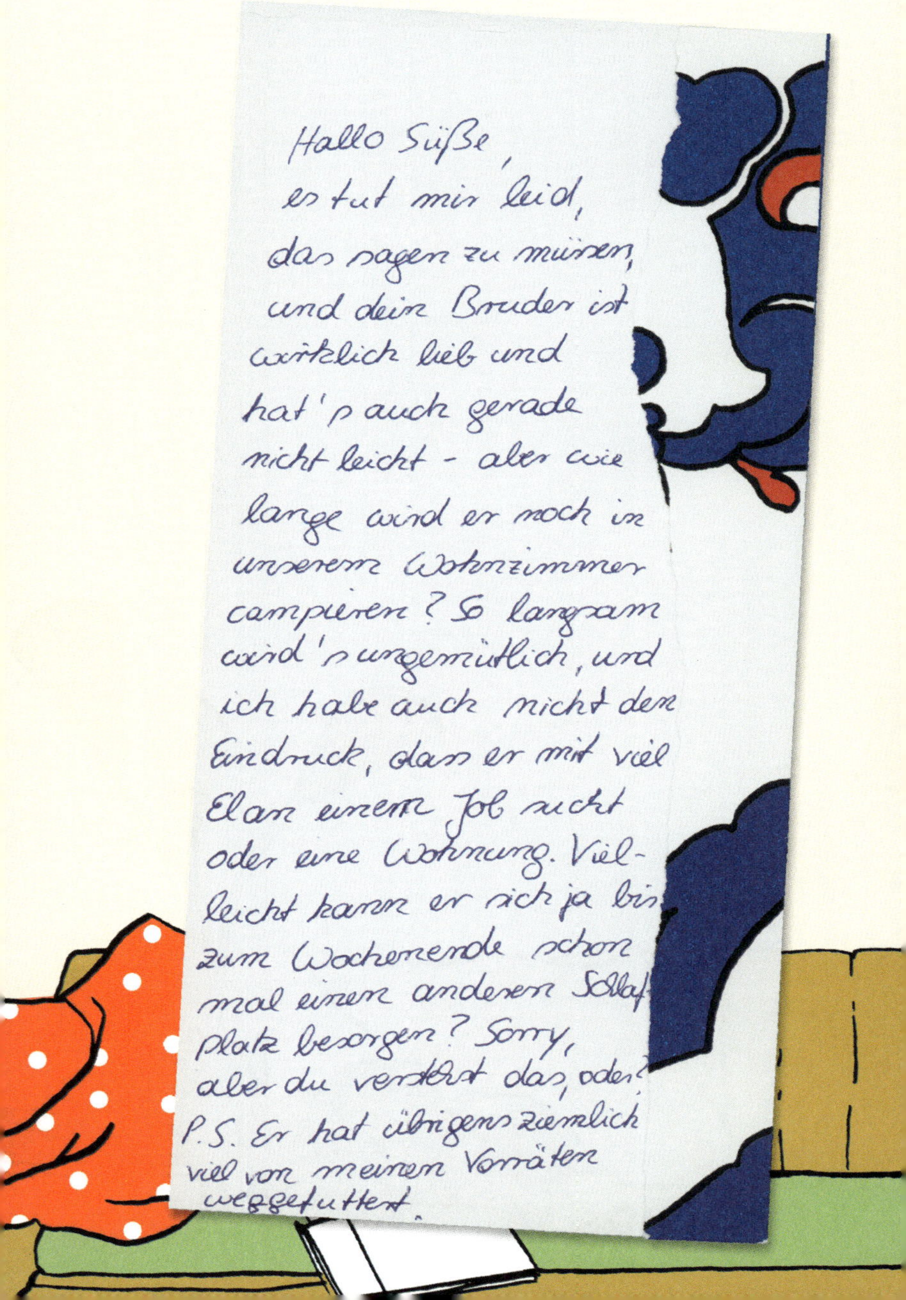
Hallo Süße,
es tut mir leid,
das sagen zu müssen,
und dein Bruder ist
wirklich lieb und
hat's auch gerade
nicht leicht – aber wie
lange wird er noch in
unserem Wohnzimmer
campieren? So langsam
wird's ungemütlich, und
ich habe auch nicht den
Eindruck, dass er mit viel
Elan einen Job sucht
oder eine Wohnung. Viel-
leicht kann er sich ja bis
zum Wochenende schon
mal einen anderen Schlaf-
platz besorgen? Sorry,
aber du verstehst das, oder?
P.S. Er hat übrigens ziemlich
viel von meinen Vorräten
weggefuttert.

Ich kann mir nicht helfen, aber ich frage mich die ganze Zeit, wie »lieb« der Bruder nun wirklich war. Ich selbst habe mal mit einer Freundin zusammengewohnt, die einen ziemlich seltsamen Freund hatte. Es war schrecklich, wenn der zu Besuch kam und über Nacht blieb. Ständig lief er in Rennradklamotten rum (also in einem hautengen Polyesterfummel), und das, obwohl er mit dem Bus gekommen war und kein Rad dabeihatte. Seine sehr eng anliegenden Klamotten verursachten bei mir ein Gefühl der Beklemmung. Außerdem sonderte er einen Körpergeruch ab, den man getrost als »streng« bezeichnen kann. Für meinen Geschmack war er einfach eine Spur zu gaga, und außerdem hatte er den »irren Blick«. Ich hatte aber nie den Mut, folgende Wahrheit auszusprechen: »Dein Freund stinkt, trägt komische Polyesterklamotten, wo man die Eier sieht, und außerdem ist er ein Freak!« Vielleicht hätte ich das tun sollen ...

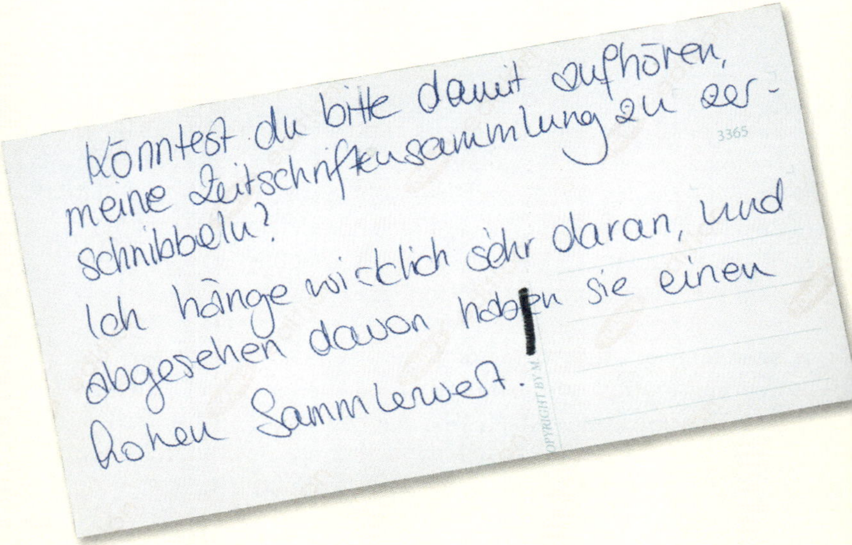
Könntest du bitte damit aufhören,
meine Zeitschriftensammlung zu zer-
schnibbeln?
Ich hänge wirklich sehr daran, und
abgesehen davon haben sie einen
hohen Sammlerwert.

Dieses Buch legt Zeugnis davon ab, dass ich selbst ein Sammlertyp bin, und allein schon deswegen gehört mein ganzes Mitgefühl diesem Leidtragenden. Es gibt Menschen, die unfassbar viel Zeit und Geld in das Sammeln von Zeitschriften und Comics investieren. Dieses Hobby hat einen therapeutischen Effekt – nichts ist für einen Sammler befriedigender, als zu sehen, wie seine Sammlung wächst und sich langsam vervollständigt. Eine solche Tätigkeit kann aber auch ganz persönliche Gründe haben, und die Motive sind auch nicht immer ganz nachvollziehbar. Die Tatsache, dass Zeitschriften, Magazine und Comics nach einmaligem Gebrauch in der Regel sofort entsorgt werden, macht sie so begehrt. Man kann Jahre damit verbringen, eine bestimmte Ausgabe zu suchen, die jeder kennt, die aber keiner aufbewahrt hat. Das Traurigste an diesem Zettel ist, dass der Schaden bereits angerichtet wurde und nicht wieder rückgängig gemacht werden kann – für eingefleischte Sammler von Printprodukten aus der Unterhaltungsindustrie ist das so, als ob man eine kostbare Ming-Vase zerschlagen hätte.

Jesus is ein
KORREKTER
Homie!
DER TYP HAT'S
EINFACH
DRAUF –
RESPEKT!

Dieser Zettel diente als Weihnachtsgruß an die WG. – Ist auf jeden Fall mal was anderes als »Fröhliche Weihnachten« ...

Du stinkst wie der größte Misthaufen im Affenhaus!

Von Körperpflege und anderen
bemerkenswerten
Badezimmer-Betätigungen

Einer jüngst veröffentlichten Statistik zufolge verbringt ein Mensch im Laufe seines Lebens volle drei Jahre auf der Toilette. Für viele ist das Badezimmer tatsächlich so etwas wie ein Rückzugsort, an dem man die Sorgen des Alltags vergessen kann. Im Laufe der Menschheitsgeschichte wurden hier komplexe Rituale entwickelt, deren Ziel es war, das Hygieneverhalten des Homo sapiens zu verbessern. Das reicht von den alten Römern mit ihren Bädern über die Chinesen mit ihren Massagen bis zu den zeitgenössischen »Badezimmerblockaden« in Wohngemeinschaften auf der ganzen Welt.

In der heutigen schnelllebigen Zeit ist es für viele allerdings zu einer echten organisatorischen Herausforderung geworden, den alltäglichen Reinigungsritualen nachzukommen: Der allgemeine Hygiene- und Gesundheitszustand von Zähnen, Achselhöhlen und anderen pflegebedürftigen Körperteilen wird immer öfter in den Verantwortungsbereich der Götter übergeben. Bemerkenswerterweise stolzieren Personen, die den Reinlichkeitsgeboten abgeschworen haben, meist mit seliger Ahnungslosigkeit in ihrer ganz persönlichen Duftglocke durch die Welt. Tatsächlich ist kaum jemand in der Lage, seinen eigenen Körpergeruch wahrzunehmen. Auf die Geruchsabsonderungen unserer Mitbewohner trifft das leider nicht zu. Man muss schon ganz schön mutig sein (oder sehr taktlos), wenn man seinem Wohnungsgenossen zu verstehen geben will, dass man bei jeder Unterhaltung mit ihm von einem tödlichen Mundgeruch gefoltert wird.

Natürlich gibt es auch das andere Extrem. Für jeden Mitbewohner, der hygieneresistent ist, gibt es einen Mitbewohner, der sich jeden Tag für mehrere Stunden im Bad einschließt, um sich in aller Ausgiebigkeit den narzisstischen Freuden der Körperpflege hinzugeben, während sich im Flur bereits eine Schlange von zunehmend schlecht gelaunten Mitbewohnern bildet.

Man könnte annehmen, dass sich die Mitbewohner mit dem zwanghaften Waschfimmel auch in größerem Umfang den Reinigungsarbeiten im Haushalt hingeben würden (Klo putzen, Geschirr abwaschen etc.). Und das wäre auch nur gerecht: Die wertvollen Minuten, die man jeden Morgen mit ungeduldigem Warten verbringt, wären so durch die gemeinnützigen Reinigungsorgien des Waschzwang-Mitbewohners wieder ausgeglichen. Klar, es nervt, wenn sie einem oberlehrerhaft und selbstgefällig erklären, wie oft und wie ordentlich sie die Wohnung geputzt haben. Aber dafür kann man ihnen dann ihre »exklusiven Nutzungsrechte« des gemeinsamen Badezimmers vorhalten. Und außerdem: Du selbst hast dich nicht zum Deppen gemacht, indem du mit einem Putztuch auf dem Kopf und den gelben Gummihandschuhen auf allen vieren durch die Wohnung gerobbt bist!

Leider gibt es diese Art von perfekter Symmetrie nur in den allerwenigsten WGs. Ein Badezimmermonopolist ist in der Regel nur daran interessiert, sich selbst zu reinigen und nicht den gemeinschaftlich genutzten Wohnraum. Und weil das so ist, muss man meist doch auf ein altbewährtes Mittel zurückgreifen – und mit seinen Fäusten laut und brutal gegen die Badezimmertür hämmern, bis der Übeltäter einen Hörsturz erleidet. Es ist schon erschreckend, dass WG-Bewohner darauf angewiesen sind, auf diese militärisch anmutende Form der Konfliktlösung zurückzugreifen, um zu vermeiden, dass erwachsene, kultivierte Menschen in wütenden Attacken übereinander herfallen ...

Das Fazit: Körperpflege ist eine ernste Angelegenheit. Vor Kurzem stand in einem Zeitungsartikel, dass ein Mann in einer Bar in Texas erstochen wurde, weil dieser offensichtlich vergessen hatte, sich nach seinem Klogang die Hände zu waschen. Da sieht man mal wieder: Hygienische Nachlässigkeit kann tödlich enden – und ein kleines Zettelchen mit einer Nachricht kann Leben retten.

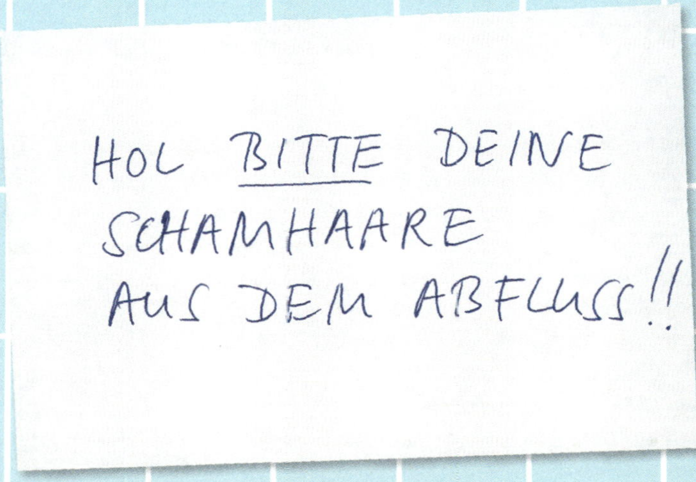

Die Botschaft klingt ulkig, ist aber ernst gemeint. Der Autor erzählte mir, dass der Zettel aus der Zeit stammt, in der er sich die Wohnung mit einer Frau teilte, die unwahrscheinlich dickes, lockiges Haar hatte. Sie war wirklich nett – und sehr hübsch noch dazu. Leider hatte sie die schlechte Angewohnheit, nie nachzuschauen, ob der Abfluss auch frei war, nachdem sie ein Bad genommen hatte. Um den Zettelschreiber zu Wort kommen zu lassen: »Was ich da aus dem Abfluss rauszog, sah aus wie ein pelziger Aal – und da kam es mir hoch …« Dieser Zettel ist ganz eindeutig ein Hilfeschrei.

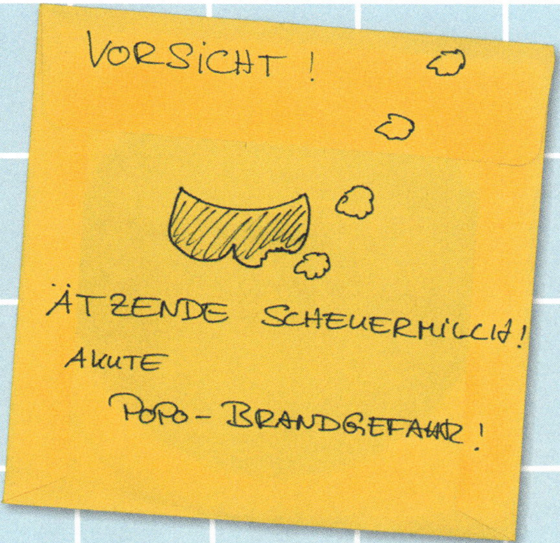

Dieser Zettel ist gleich in doppelter Hinsicht zuvorkommend. Nicht nur hat der Mitbewohner die Toilette gereinigt – und zwar mit einem Reinigungsmittel, das fast so stark ist wie Salzsäure –, er hat darüber hinaus auch einen Warnzettel geschrieben und liebevoll illustriert. Das muss ja wohl der perfekte Mitbewohner sein – mal abgesehen davon, dass er zum Reinigen der Kloschüssel einen toxischen Industriereiniger verwendet …

Hallo Markus, es ist nicht schön, wenn du
um viertel vor drei nachts noch einen Waschgang
startest. Mein Schlafzimmer ist direkt
unter deiner Waschmaschine. Manchmal
läuft der Schleudergang um Mitternacht,
das geht ja noch – aber viertel vor drei
find ich schon hart! Mit freundlichen
Grüßen, B. Dein leidgeprüfter Nachbar

Ich war über viele Jahre lang dem Irrtum erlegen, dass der Strompreis nachts niedriger sei als tagsüber. Wer mir diesen Quatsch erzählt hat, weiß ich leider nicht mehr, aber mir scheint, dass Markus dem gleichen Irrtum aufgesessen ist. Vielleicht spielt der Faktor Sparsamkeit für ihn aber auch gar keine Rolle. Ich könnte mir auch vorstellen, dass er immer, wenn er von einer zügellosen Zechtour nach Hause kommt, merkt, dass er keine frische Unterwäsche mehr hat. Wenn es eine Sache gibt, die schlimmer ist, als mit einem fiesen Kater aufzuwachen, dann wohl, mit einem fiesen Kater aufzuwachen und sich erst mal durch einen Korb Schmutzwäsche wühlen zu müssen.

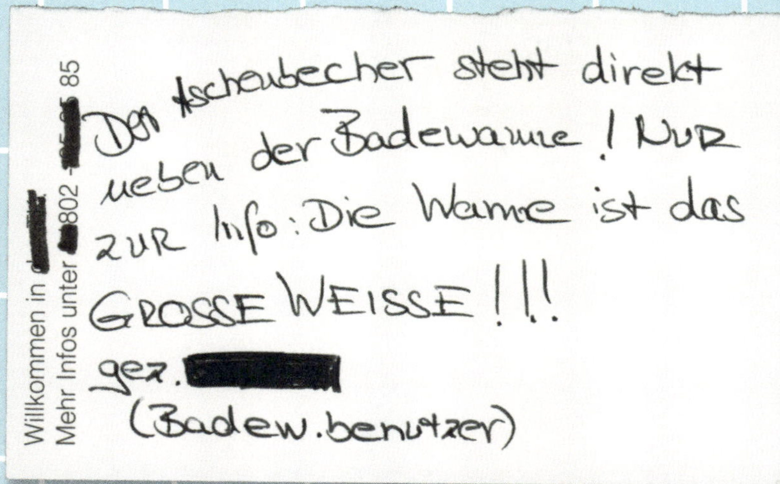

Willkommen in [redacted]
Mehr Infos unter [redacted]802 - [redacted] 85

Der Aschenbecher steht direkt neben der Badewanne! NUR ZUR Info: Die Wanne ist das GROSSE WEISSE!!!

gez. [redacted]
(Badew.benutzer)

Das klingt ganz nach einer Playboy-Aktion von Hugh Hefner – sich mit der Kippe ein Schaumbad genehmigen. Organisatorisch ist das aber sicher ein wenig kompliziert. Wenn man nicht ein barbusiges Bunny hat, das einem die ... äh ... Zigarre hält, geht die doch ständig aus. Es ist ja schon schwer genug, die Seife in der Badewanne zu finden, wie soll das dann erst mit einem Feuerzeug und einer Schachtel Zigaretten funktionieren? Am besten, man hört gleich mit dem Rauchen auf.

WAS STINKT HIER
SO ???
Im Wohnzimmer
riecht es nach
Pissoir/nassem
Hund. Wer meint,
auch nur im
Entferntesten etwas
damit zu tun zu
haben, möge
bitte die ent-
sprechenden Gegen-
maßnahmen
einleiten!!
Es ist wirklich
ekelhaft!
14/5720
61-999/49

Die Gemeinschaftsräume sind in WGs oft Auslöser hitziger Diskussionen. Wer kauft die Glühbirnen? Wer saugt den Flur? Wer bringt den Müll raus? – Wer kümmert sich um den Pissoir-/Nasser-Hund-Gestank im Wohnzimmer? Wenn man bedenkt, wie viele Menschen diese Räume betreten und wieder verlassen, dann ist es doch nur natürlich, dass der Geruch darin, nun ja, sagen wir mal, ein »gewisses Aroma« hat.

Wenn ihr schon die Toilette benutzt, um „gewisse Substanzen" loszuwerden, ist es wohl nicht zu viel verlangt, den Abzug zu betätigen, oder? (Was war das überhaupt? Rote Grütze oder Kotze?)...
Ich war endlos damit beschäftigt, den verstopften Abfluß wieder frei zu bekommen. Das ist eine gottverdammte Schweinerei.

Kotzen ist ein heikles Thema. Manchen Menschen wird schon schlecht, wenn sie nur daran denken. In Kindertagen war es noch beruhigend, wenn Mama einem die Stirn tupfte und die Haare aus dem Gesicht hielt, während man würgend überm Klo hing – aber ab einem gewissen Alter gibt es nichts Schlimmeres, als ein Publikum zu haben, wenn man sich übergibt. Diese Peinlichkeit kann nur noch dadurch getoppt werden, dass jemand das nicht ordnungsgemäß entsorgte Beweismaterial findet und eine eindeutige Beweisspur direkt zum Zimmer des Verursachers führt. Die entsetzliche Nacht der Trunksucht und Völlerei, die schon in einem Nebel aus Kopfschmerz und Vergessen verschwunden war, steht einem plötzlich wieder in all ihrer grausamen Klarheit vor Augen, wenn die Mitbewohner dich auf die Reste der unverdauten Döner-Mahlzeit hinweisen, die verstreut in, auf und neben der Kloschüssel liegen.

DU STINKST WIE
DER GRÖSSTE
MISTHAUFEN
IM AFFENHAUS!
HA HA HA HA
MIEF! STINK!
POO!

Oft erweist es sich als sinnvoll, ein heikles Thema mit Humor anzugehen. Körpergerüche breiten sich nicht nur in der ganzen Wohnung aus, sie bleiben auch an allen Personen haften, die sich in ihr aufhalten. Und bevor man sich versieht (oder genau genommen: verriecht), haben sämtliche Anwesenden den üblen Duft angenommen. Wie aber soll man mit einem volljährigen Menschen umgehen, der offensichtlich nie gelernt hat, was das Wort Körperpflege bedeutet? Das ist eine überaus heikle Mission. Manchmal nimmt das Problem jedoch derart heftige Ausmaße an, dass man keine Zeit verstreichen lassen darf und augenblicklich zur Tat schreiten muss. Man kann zum Beispiel einfach etwas Deospray bereitstellen. Oder einen Zettel wie diesen hier anfertigen: Fehlinterpretationen ausgeschlossen. *Bravo!*

Alles klar bei dir?
Ich hab gehört, wie
du die ganze Nacht
am „großen weißen
Telefon“ hingst. Das
war ein ganz schöner
Radau.
Ich gehe jetzt gleich
raus und besorge mir
ein Englisches Früh-
stück – das volle
Programm: mit Würst-
chen, Speck und
Baked Beans.
Kommste mit?

»Das große weiße Telefon« – diese entzückende Umschreibung hab ich schon lange nicht mehr gehört. Der vollständige Spruch geht ja so: »Ich bin am großen weißen Telefon und rede gerade mit Jööööörgh.« Mein Lieblings-Euphemismus ist zurzeit aber die »Bordstein-Pizza« (für eine Pfütze Erbrochenes auf dem Gehweg). An diesem Zettel gefällt mir besonders, wie der Schreiber seine Schadenfreude hinter der Sorge um das Wohlergehen seines Mitbewohners versteckt. Er weiß genau, dass eine fettige Kalorienbombe gerade das Letzte ist, was sein Kollege in diesem Zustand gebrauchen kann. Schon der Gedanke daran wird vermutlich ein weiteres Gespräch mit Jööööörgh zur Folge haben. Dieser Zettel ist ein tolles Beispiel für eine gelungene Racheaktion an seinem Mitbewohner. Man rächt sich für die nächtliche Ruhestörung, ohne als der gehässige Fiesling dazustehen, der man in Wirklichkeit ist. Genial.

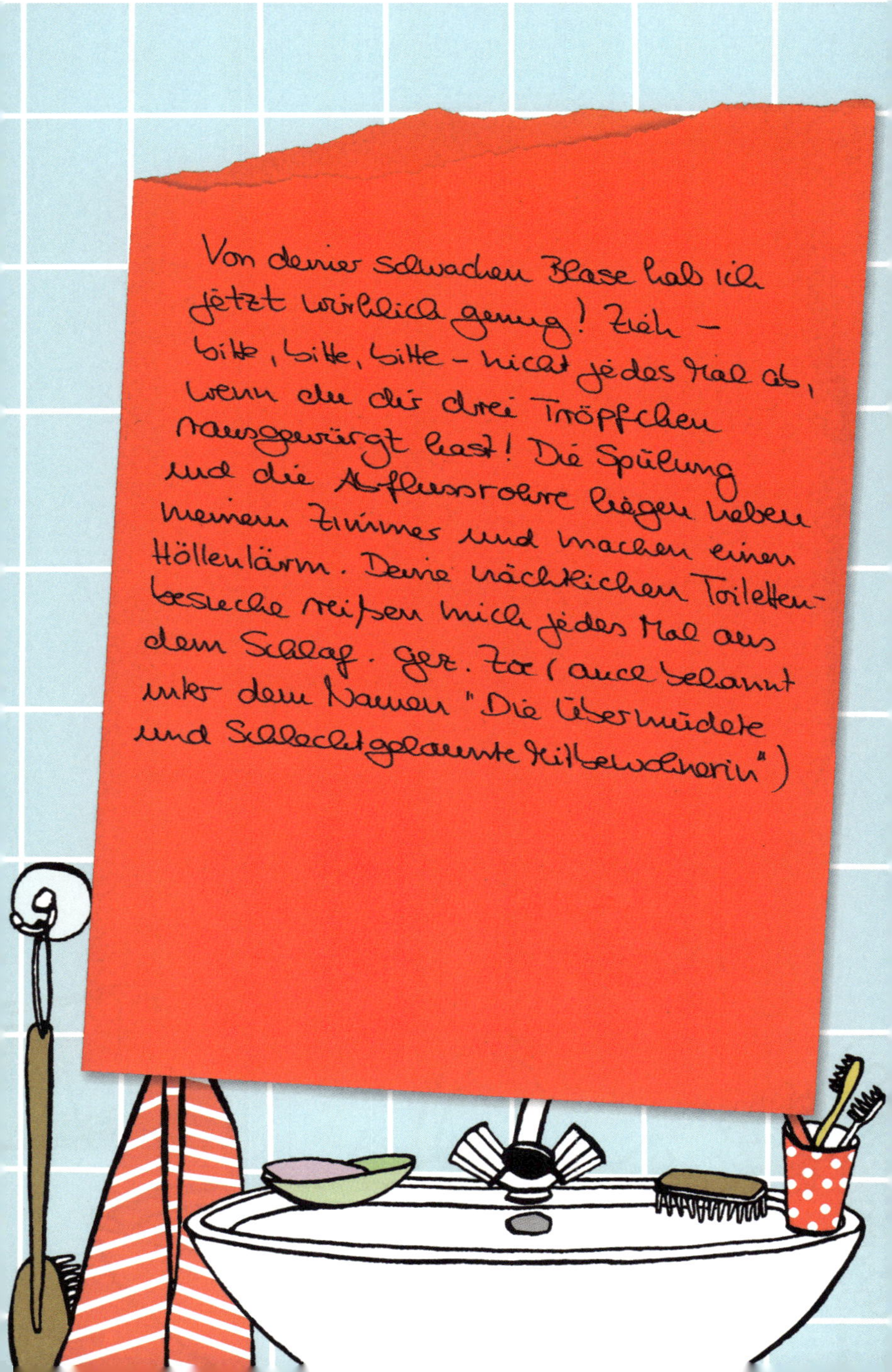
Von deiner schwachen Blase hab ich
jetzt wirklich genug! Zieh –
bitte, bitte, bitte – nicht jedes Mal ab,
wenn du dir drei Tröpfchen
rausgewürgt hast! Die Spülung
und die Abflussrohre liegen neben
meinem Zimmer und machen einen
Höllenlärm. Deine nächtlichen Toiletten-
besuche reißen mich jedes Mal aus
dem Schlaf. gez. Zoe (auch bekannt
unter dem Namen "Die übermüdete
und schlechtgelaunte Mitbewohnerin")

Jeder, der in eine WG mit marodem Abwassersystem einzieht, sollte eine starke Blase mitbringen. Mein Vater hat mir einmal davon erzählt, wie er als Student heimlich auf Sauftour war und beim Nachhausekommen von seiner zornigen Mutter erwischt wurde. Auf die Frage, wie viel er getrunken habe, antwortete er: »Sechs Liter Bier.« »Sechs Liter?«, entgegnete seine Mutter, »ich könnte nicht einmal sechs Liter Wasser trinken!« Mein Vater erwiderte darauf, dass er dazu auch nicht in der Lage wäre, aber meine Großmutter weigerte sich, den scheinbar paradoxen Witz zu verstehen und verpasste ihm stattdessen einen Satz heiße Ohren. Ich habe zwar keine Informationen über die Blasenkapazität meines Vaters, aber die entscheidende Frage ist doch: Wieso kann man auf einer Zechtour dreimal so viel trinken wie an einem Teeabend? Ach ja, richtig: weil Alkohol das Suchtzentrum aktiviert ... Das Erstaunlichste bei einem Besäufnis ist jedoch, dass man immer doppelt so viel pinkeln muss wie man getrunken hat. Das führt nicht selten dazu, dass man volltrunken irgendwelche Flure entlang torkelt und auf der verzweifelten Suche nach einem Klo an allen möglichen Türen rüttelt. Ich habe schon viele – leider wahre – Geschichten von Männern gehört, die erwischt wurden, wie sie sternhagelvoll in die Küchenregale, Aschenbecher und Kleiderschränke ihrer Gastgeber urinierten.

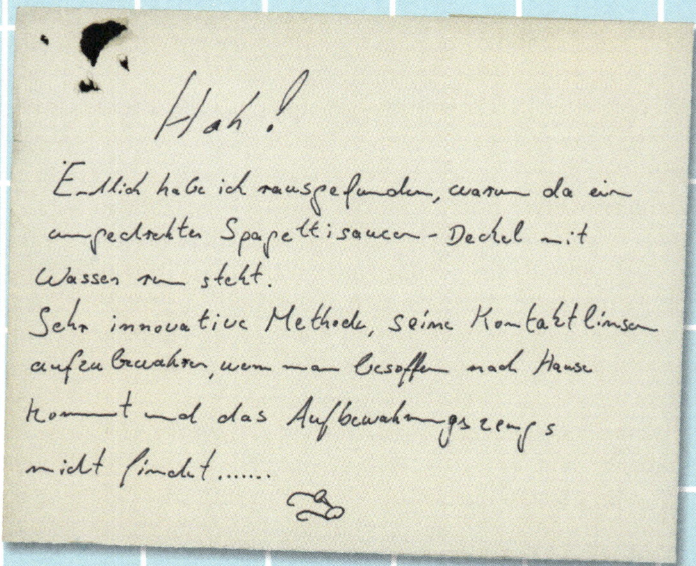

Hah!

Endlich habe ich rausgefunden, warum da ein umgedrehter Spagettisaucen-Deckel mit Wasser rum steht.
Sehr innovative Methode, seine Kontaktlinsen aufzubewahren, wenn man besoffen nach Hause kommt und das Aufbewahrungszeugs nicht findet.......

Als Kind wollte ich immer eine Brille haben. Ich war sicher, dass ich damit gebildet und erwachsen aussehen würde. Als Nesthäkchen der Familie war ich zudem fest überzeugt, dass meine älteren Geschwister mir erwartungsvoll zuhören würden, wenn ich ihnen etwas mitzuteilen hatte – wenn ich erst mal dieses magische Gesichts-Accessoire hätte. Mittlerweile bete ich dafür, dass ich noch ein paar Jahre von einer Brille verschont bleibe, denn eins steht fest: Irgendwann braucht jeder eine Sehhilfe, und spätestens

dann bekommt man zu spüren, wie tierisch lästig Brillen sind. Kontaktlinsen haben aber auch eine Menge Nachteile: Sie scheuern über die Pupille, trocknen aus oder kriechen in die Augenhöhle, um sich von dort aus weiter ins Gehirn vorzuarbeiten. Weiche, harte oder auch verlorene Kontaktlinsen sehen zwar nicht so blöd aus wie eine Brille, aber auch sie können eine echte Plage sein. Wenn man nach einem langen und harten Tag noch von den Kollegen auf eine Kneipentour mitgeschleppt wurde, werden vorm Schlafengehen selbst einfache Aufgaben zu echten Herausforderungen. Denn wenn man müde und betrunken ist, will man nicht auch noch mit der antiseptischen Reinigungsflüssigkeit und den kleinen Behältern rumfrickeln – das ist ja schon im nüchternen Zustand eine anspruchsvolle Angelegenheit. Stattdessen lässt man sich einfach aufs Bett fallen, vom Pub direkt in die Heia. Wenn man dann am nächsten Morgen aufwacht und die Kontaktlinsen wie festgeschweißt auf der entzündeten Hornhaut kleben, fragt man sich allerdings schon, ob man nicht doch die paar Minuten hätte investieren sollen. Aber es gibt eine perfekte Lösung – auf dem Zettel steht, wie's geht. Es ist ganz leicht: Schnapp dir einfach das nächstbeste Behältnis, ganz egal was (in diesem Fall der Deckel einer Spaghetti-Soße), füll es mit Spülwasser oder irgendeiner anderen verfügbaren Flüssigkeit, und leg die Kontaktlinsen darin ein. Das Ergebnis: Die Linsen sind zwar hinüber, weil mit hundert Millionen Bakterien verseucht – aber wenigstens kleben sie nicht auf der Netzhaut.

Lieber [redacted],
ich habe heute Nachmittag die Dusche sauber gemacht. Dabei ist mir aufgefallen, dass es darin übelst nach Urin stinkt. Außerdem habe ich ein paar eingetrocknete gelbe Flecken entfernt, das hat sehr lange gedauert und war sehr eklig. – Mir drängt sich die Frage auf, OB DU WIRKLICH UNSERE DUSCHE ALS PISSBECKEN MISSBRAUCHST?! Wenn ja, dann möchte ich dich bitten, umgehend damit aufzuhören und stattdessen die Toilette zu benutzen – wie jeder andere normale Mensch auch.

Vor Kurzem las ich in einem Artikel, dass Madonna angeblich in einem Fernsehinterview (ich wiederhole, *angeblich*) gesagt haben soll, dass es gesund sei, in der Dusche zu pinkeln. Die Theorie: Das Urin wirkt antiseptisch, und die Enzyme sind gut gegen Fußpilz. Ich bin aber skeptisch gegenüber Theorien von Promis – spätestens seit der Diät-Papst Dr. Atkins übergewichtig an den Folgen eines Herzinfarkts starb.

Als ich heute Morgen
durch den Flur gerannt bin,
war ich nicht nackt!
Es sah vielleicht so aus, aber
das lag nur daran, dass ich meine
Fellhose anhatte – ich schwöre!!!
Uiuiui, das ist ganz peinlich,
ich war halt ein bisschen
betrunken und noch nicht ganz
auf der Höhe.

Meine Eltern sind in den 40er Jahren groß geworden, und manchmal erzählen sie mir, wie es damals beim Schwimmunterricht in den öffentlichen Badeanstalten zuging. Richtige Horrorgeschichten sind das! Es gab keine Heizung, die Seife brannte auf der Haut, und im eiskalten Schwimmbecken dümpelten immer ein paar Hühneraugen-Pflaster herum. Am schlimmsten waren aber die Badeanzüge, die man dort leihen konnte. Allein die Vorstellung, sich so ein Kleidungsstück mit Hunderten von Badegästen teilen zu müssen, ist schlimm genug. Ein weiterer Ekelfaktor ist aber das damalige Material. Bevor es Nylon gab, bestanden Badeanzüge nämlich zu hundert Prozent aus Strickwolle! Uh, wie das juckt ... Jedes Mal, wenn ich diesen Zettel lese, muss ich an diese komischen Badeanzüge denken. Ich hätte meinen Eltern gar nicht geglaubt, wenn ich nicht irgendwann einmal einen Dokumentarfilm über diese Zeit gesehen hätte. Darin erzählt ein Zeitzeuge von den gruseligen Häkelanzügen und dass sie sich anfühlten wie ein nasser Mantel, mit dem man durchs Becken watet. Ich werde ab sofort nur noch nackt schwimmen und – wenn jemand dumme Fragen stellt – einfach behaupten, dass ich einen Bikini aus hellbrauner Angorawolle trage.

Danielle, ich habe den Vermieter angerufen und ihn gefragt, wann wir endlich warmes Wasser bekommen. Er hat gesagt, dass es mindestens noch eine Woche dauert, bis die Monteure kommen. Da kann man angeblich nichts machen. Wenigstens bleiben wir gut in Form, weil wir jetzt ständig im Fitness-Studio sind, um die Duschen zu benutzen. Ciao und bis gleich, Süße, deine Yoyo

Solche Fälle sind gar nicht einmal selten. Warmwassermangel hat meist zur Folge, dass man ständig bei seinen Freunden vorbeischaut oder sich in öffentlichen Badeanstalten rumtreibt. Mir wurde einmal von einem Vermieter berichtet, der die Situation mit dem defekten Heizkessel mit dummdreistem Humor überspielen wollte. Den durchgefrorenen Mietern, die aufgrund des Wassermangels gezwungen waren, jeden Tag zweimal ins Fitness-Studio zu tigern, empfahl er, sich doch mal für einen Abenteuerurlaub im australischen Outback anzumelden – oder für eine Spezialeinheit bei der Armee. Das Training dafür hätten sie ja schon absolviert. Was für ein Riesenarschloch!

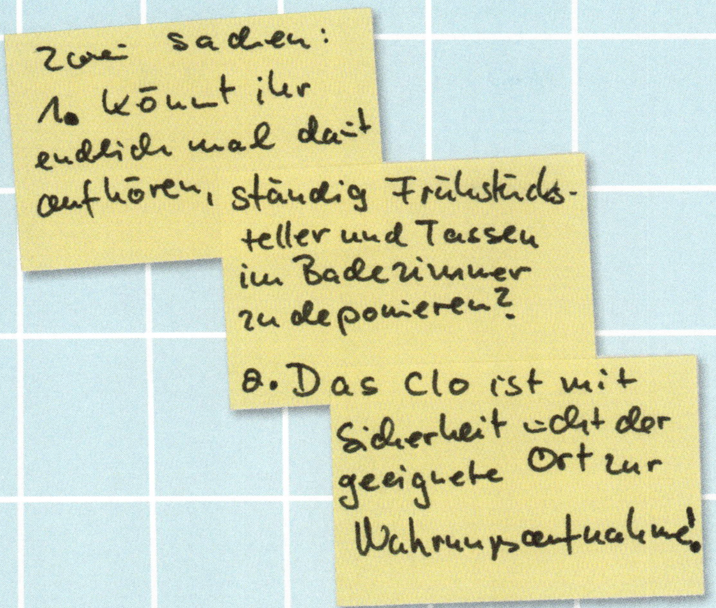

Hat da vielleicht jemand heimlich das Badezimmer zur Untermiete freigegeben? Theoretisch ist da ja alles vorhanden, was man zum Wohnen braucht: Es gibt Fließendwasser, einen Schlafplatz gibt es auch (in der Badewanne). Nur eine Kochstelle fehlt. Es sei denn, man hat einen guten Boiler. Dann kann man die Dusche volle Pulle auf heiß drehen und ein paar Zucchini in der Wanne dünsten.

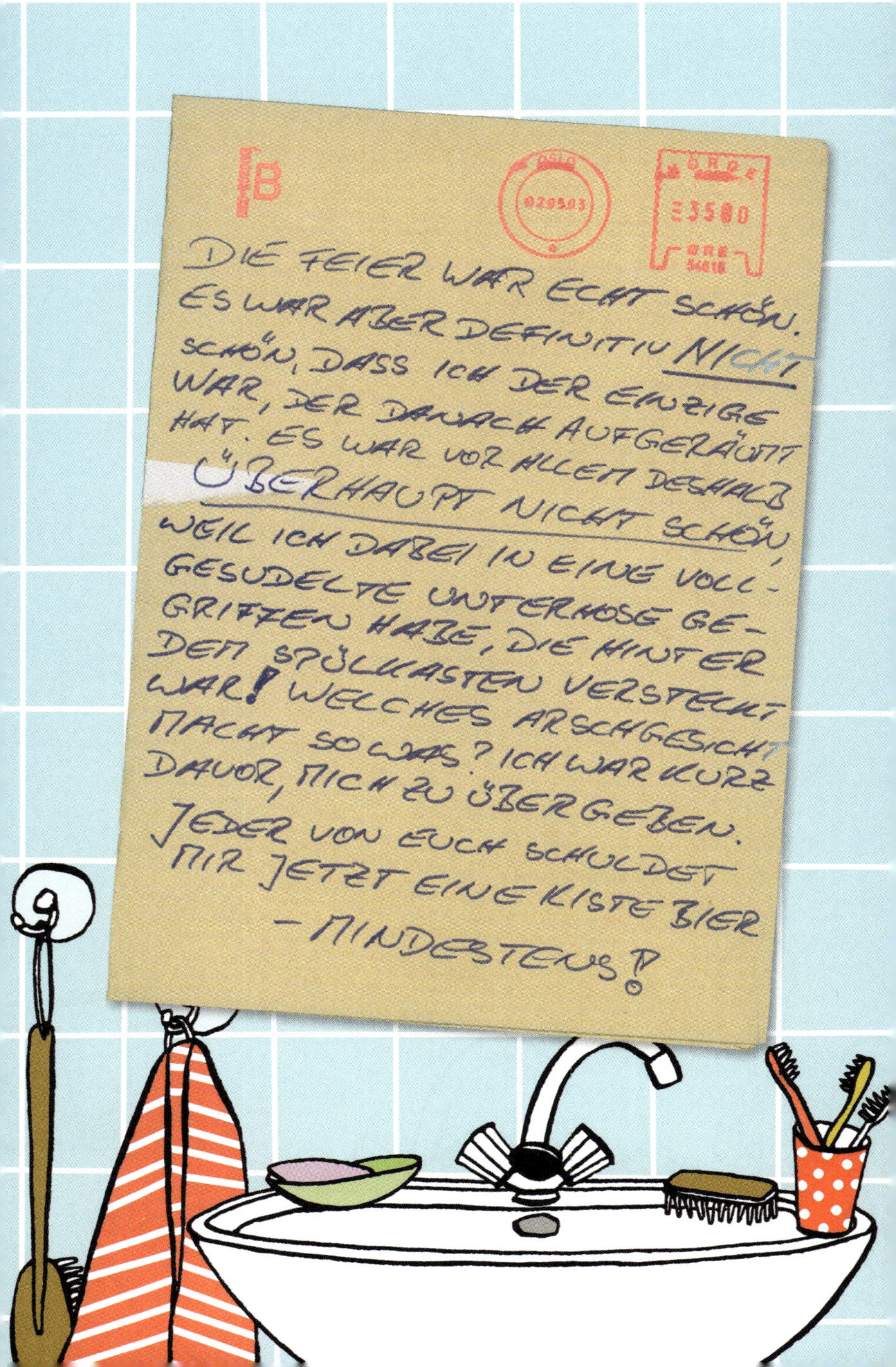
DIE FEIER WAR ECHT SCHÖN.
ES WAR ABER DEFINITIV NICHT
SCHÖN, DASS ICH DER EINZIGE
WAR, DER DANACH AUFGERÄUMT
HAT. ES WAR VOR ALLEM DESHALB
ÜBERHAUPT NICHT SCHÖN,
WEIL ICH DABEI IN EINE VOLL-
GESUDELTE UNTERHOSE GE-
GRIFFEN HABE, DIE HINTER
DEM SPÜLKASTEN VERSTECKT
WAR! WELCHES ARSCHGESICHT
MACHT SO WAS? ICH WAR KURZ
DAVOR, MICH ZU ÜBERGEBEN.
JEDER VON EUCH SCHULDET
MIR JETZT EINE KISTE BIER
– MINDESTENS!?

Eine Party kann ganz schön anstrengend sein, schließlich muss der Körper dabei einiges aushalten – zwei Dutzend geschnorrte Kippen zum Beispiel. Und er muss große Mengen an Flüssigkeit mit sich rumtragen, dazu noch ein fettiges Abendessen aus lauter seltsamen, nicht identifizierbaren Zutaten, plus die handelsüblichen Volksdrogen. Wen wundert's da, dass einem irgendwann nach Mitternacht auch noch der Dünnschiss zu schaffen macht. Um wieder hochzukommen, schüttet man schnell zwei Wodka-Red Bull in sich rein, und schon läuft alles wunderbar: Man tanzt wie ein junger Gott und fühlt sich wie das blühende Leben. Auf einmal ist man lässiger als Johnny Depp und witziger als Harald Schmidt, mit anderen Worten: *et läuft* ... Dann aber kommt der Absturz. Ein flaues Gefühlt macht sich breit, der Magen beginnt zu rumoren. Der Döner, den man sich vor zwei Stunden reingezogen hat, will wieder raus. Man schaut zur Tür, aber – wie bei jeder guten Party – stehen da schon mindestens zehn Schicksen im Minirock mit ihrem Täschchen und wollen sich kurz mal frisch machen. Eine halbe Stunde später hat man es geschafft, man betritt das Klo – und es ist, als ob man in eine Kirche aufgenommen wird. Trotz – oder vielleicht gerade wegen – dieses mystischen Gefühls der Erlösung fummelt man viel zu lange am Hosenstall rum, und schon strömt eine dunkle faulige Masse hinaus ans Tageslicht, begleitet von dem blubbernden Soundtrack einer lautstarken Verdauung. Die neue Calvin-Klein-Unterhose ist jetzt für'n Arsch. Wenn man dann die Tür öffnet und sich mit hängendem Kopf und Schamesröte im Gesicht an den süßen Mädels vorbeischleicht, wird man zwangsläufig von einer widerlichen Stinkwolke eskortiert. Die Mädels reißen ihre Augen auf und geben Stöhnlaute des Entsetzens von sich. Man ist jetzt nicht mehr so lässig wie Johnny Depp und auch nicht mehr so witzig wie Harald Schmidt. Man ist jetzt nur noch der Typ, der in seine Hose gekackt hat. Es sei denn, man versteckt seine Calvin-Klein-Shorts hinter dem Spülkasten ... Simsalabim: Problem gelöst!

Ich brauchte diesen Schinken, verdammt noch mal! Ich brauchte ihn un-be-dingt!

Nachrichten aus dem Küchenuniversum

Es ist ein offenes Geheimnis, dass der beste Raum bei einer Party immer die Küche ist. Die Party-Drogen unserer Generation befinden sich nämlich mittlerweile im Essen. Nimm einfach einen Schluck von den neonfarbenen Getränken, die beim Öffnen so komisch zischen und die es rezeptfrei im Supermarkt gibt, oder mach dich über eine Tüte Weingummi her – und ehe du dich versiehst, bist du total high! Einige der besten Zettel wurden von Personen geschrieben, die unter dem rauschhaften Einfluss verschiedener E-Nummern waren (wie E 124, E 175 etc.), nicht auf »E« (wie Ecstasy).

Aber mal abgesehen von Lebensmittelfarbstoffen und Konservierungsmitteln – in der Küche kann man allein schon durch die chaotische Fülle an Sinneseindrücken sehr schnell in einen Schockzustand geraten; und egal, wie detailliert der Putzplan auch sein mag – es wird immer ausreichend Diskussionsstoff geben.

Die Küche ist das Herzstück einer jeden Wohngemeinschaft. Hier erlebt man die schönsten WG-Momente, aber auch den größten Streit. Meistens geht es dabei ums Essen – denn über nichts lässt sich schöner streiten als über Geschmack. Und jeder ist davon überzeugt, dass er den besten hat. Aber wie heißt es so schön? Des einen Leibgericht ist des anderen Brechmittel. In der Tat, unsere Essgewohnheiten sind ein fester Bestandteil unserer Individualität. Sie bestimmen unseren Tagesrhythmus, und sie sagen uns, wer wir sind: Man ist, was man isst. Deswegen sind die meisten Menschen auch so empfindlich, wenn es um ihre Nahrungsmittel geht. Ein Angriff auf die Keksdose wird oft als eine direkte Attacke auf die Persönlichkeit gewertet. Wenn es um den Inhalt des Kühlschranks geht, werden Urinstinkte geweckt. Die WG, in der es Vegetarier, Rohkost-Verfechter und Junk-Food-Anhänger der alten Schule länger als ein Jahr miteinander aushalten, wird noch gesucht.

Wenn jemand ständig Zettel schreibt, ist er wahrscheinlich gerade auf Diät. Und wenn jemand auf Diät ist, wird die ganze WG in Mitleidenschaft gezogen. Viele Diätfanatiker sind davon überzeugt, dass es nichts Schöneres als Hülsenfrüchte gibt, also verfeinern sie ihre fünf täglichen Frucht- und Gemüsemahlzeiten allesamt mit Mungobohnen. Irgendwann stellen sie aber fest, dass diese Rohkostdelikatesse im Verdauungstrakt mit den anderen Elementen eine hochexplosive Mischung eingeht. Wenn so jemand nach Hause kommt – entkräftet, schlecht gelaunt, aufgebläht mit Methan – und in der Küche ein Chaos vorfindet, dann muss er schon die Charakterstärke eines Superhelden haben, um den Wunsch zu unterdrücken, einen Zettel zu schreiben. Wahrscheinlich hat er dabei noch mit der Halluzination zu kämpfen, dass der Notizblock aus weißer Schokolade besteht und dringend verzehrt werden möchte. Wie dem auch sei, eine Diät ist auf jeden Fall alles andere als »geruchsneutral« – aber es sind definitiv nicht nur die Diät-Freaks, die unsere Geruchsnerven strapazieren. Wer schon mal ein Paket hauchdünner Putenmortadella aufgemacht hat, weiß, wovon ich rede. Das riecht nämlich nach Furz. Wie kann das sein? Aber was soll's – geschieht einem ja nur recht, wenn man eine Wurst kauft, auf der »Fleischanteil: 80 %« steht (woraus zum Teufel bestehen die restlichen 20 %?). Es geht aber noch schlimmer: maschinell verarbeitetes Fleisch! Kein Mensch wäre in der Lage, das Zeug ohne Mundschutz »zuzubereiten«, trotzdem erwartet man von uns, dass wir uns voller Begeisterung über diese schimmlige Pampe hermachen.

Am anderen Ende des Spektrums haben wir die ehrgeizigen Hobbyköche. Die wissen zwar, dass Mangold kein Edelmetall ist und dass es sich bei Romanesco nicht um einen rumänischen Diktator handelt. Aber hinter der Fassade des kultivierten Küchenmeisters geht es auch bei ihnen nur um das große Fressen. Sie sind gierig und stolz drauf. Aber trotzdem, es sind zumeist nicht die Hobbyköche, die an Fettleibigkeit leiden. Ihr Speiseplan besteht ja zumindest ansatzweise aus natürlichen Nahrungsmitteln. Ihr Gemüse ist weder quadratisch, noch leuchtet es im Dunkeln, und sie futtern auch keine dreieckigen Mikrowellenspiegeleier. Nein, die Leute, die so dick werden, dass sich die Nahrungsmittelindustrie die Hände reibt, sind die Leute mit dem Fertig-Dinner aus der Tiefkühltruhe.

Dieser spezielle Fresstyp verbringt nicht viel Zeit in der Küche. Die Vorbereitungszeit für sein Abendessen tendiert gegen null. Eigentlich muss er überhaupt nichts tun – außer Plastiknahrung aus einem Plastikbehälter rauszukratzen. Die Tür, die in seiner Wohnung am häufigsten benutzt wird, ist die Tür von der Tiefkühltruhe. Es wäre sogar entschuldbar, wenn man sein Gesicht mit seinem Hintern verwechseln würde, weil man eigentlich nie was von ihm zu sehen bekommt – abgesehen von seinem Hinterteil, das aus der Tiefkühltruhe hängt, während er gierig im Kühlfach herumgrabscht.

Ob nun etwas fehlt oder Überfülle herrscht – wenn es ums Essen geht, geht's immer um alles, und deswegen werden in der Küche auch so viele Zettel geschrieben. Wenn man von einer Sache besessen ist, muss man alles unter Kontrolle haben – sonst wird man wahnsinnig.

Versuchst du, Penicillin in diesem Kaffeebecher zu züchten? Könntest du den BITTE mal ausspülen – das ist jetzt wirklich EKELHAFT!

Dankeschön, Kirsten

Wir haben es hier wohl mit einem zukünftigen Chemiker zu tun. Diese Art von Experimentierfreude sollte man unterstützen, schließlich wurde Penicillin auf ähnliche Weise entdeckt. Und wer weiß: Vielleicht hatte der junge Hobby-Laborant hier gerade das Heilmittel gegen Krebs gezüchtet – und keiner merkt's! Der Versuch könnte natürlich auch nach hinten losgehen: Die Bazillen vermehren sich schlagartig, schwärmen aus und befallen die Atemwege der Mitbewohner. Also immer daran denken: Im Zweifelsfall sind es nicht die 40 Kippen pro Tag, die deine Lungen ruinieren, sondern das Spülverhalten deines Mitbewohners.

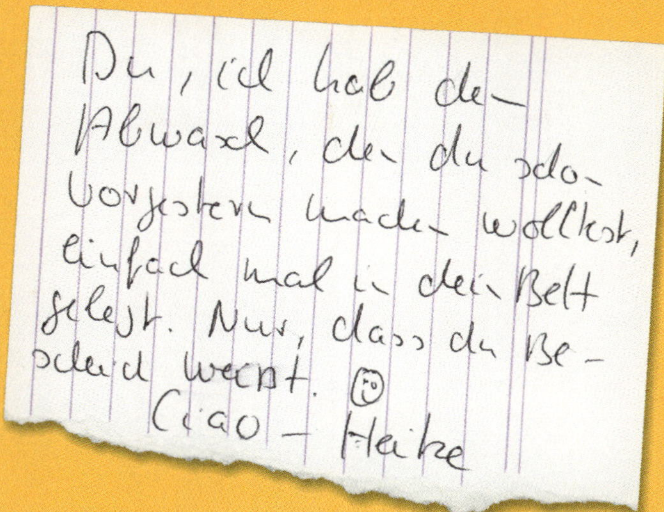

Jeder, der schon mal mit einem Menschen unter einem Dach gelebt hat, dessen Hygienestandards entscheidend niedriger waren als die eigenen, wird Heike verstehen. Bei den Recherchen zu diesem Buch habe ich herausgefunden, dass es für komplizierte Problemfälle des Zusammenlebens eine Reihe von Methoden gibt, die fast schon den Status eines folkloristischen Brauches erreicht haben. Das schmutzige Geschirr in das Bett eines Spüldienstverweigerers zu verfrachten, gehört dazu. Der Ursprung dieser Bräuche ist auch mir unbekannt; vermutlich werden sie von Generation zu Generation weitergegeben. Vielleicht gibt es aber auch professionelle Arbeitsgruppen von Reinlichkeitsfanatikern, die bestimmte Methoden diskutieren und die besten für die Praxis auswählen. Dass die faulen Säcke dieser Welt aber durch die Art der aggressiven Schuldgefühl-Erzeugung wirklich geläutert werden, kann man vergessen! Ihnen ist einfach alles egal. Deswegen lautet mein Tipp: Pappteller und Wegwerfbesteck.

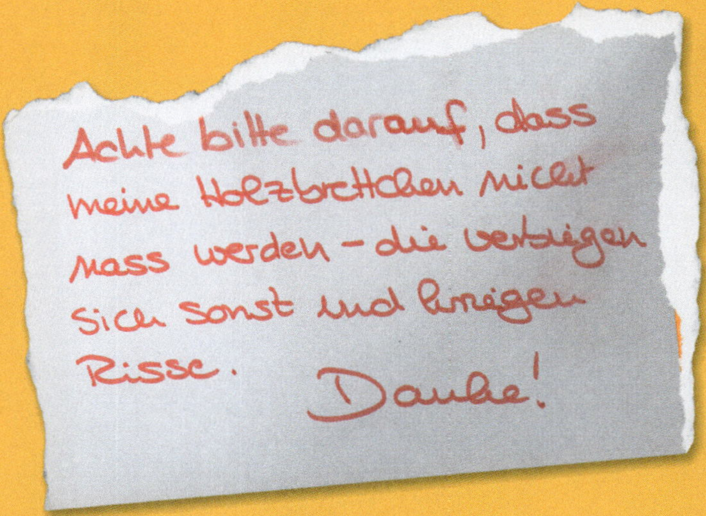

Ganz im Ernst: Dieser Zettel wurde in einem Zustand echter Verzweiflung geschrieben. Und die Autorin war so pedantisch, dass sie jeden Tag einen neuen Anlass fand, einen Zettel zu schreiben. Das ging sogar so weit, dass die Mitbewohner nicht mehr nach Hause kommen wollten oder schon mit einem schlechten Gefühl aufwachten, weil sie – zu Recht – befürchteten, dass ein kleines Stückchen Papier auf sie warten würde. Das Schlimmste war aber, dass man oft gar nicht genau wusste, was einem überhaupt vorgeworfen wurde.

Diese Taktik ist weit verbreitet. Im Grunde handelt es sich um steinzeitliches Territorialverhalten: sehr primitiv – aber äußerst wirksam!

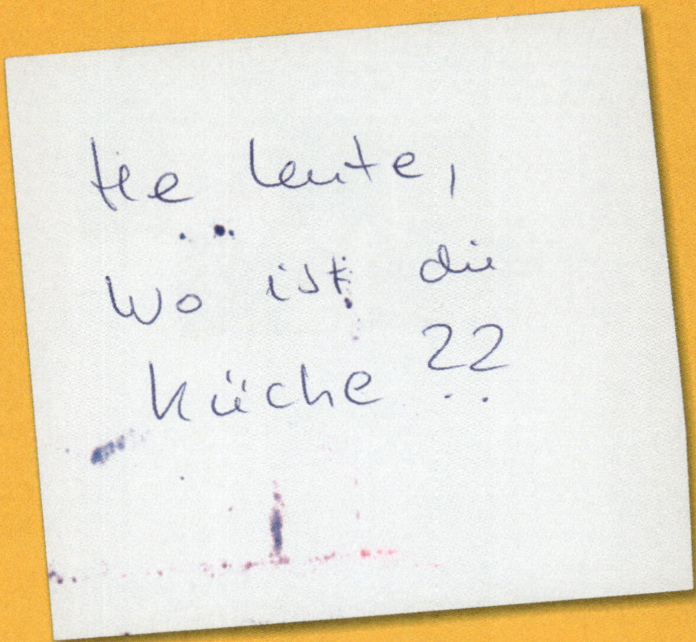

Ein Meisterwerk! Der Spruch ist kurz, witzig und pointiert, und er bringt doch die ganze Verzweiflung zum Ausdruck, die sich dahin-ter verbirgt. An dieser Küche lässt sich wunderbar der Unterschied zwischen Gebrauch und Missbrauch exemplarisch darstellen. Man sieht es direkt vor sich: die total versaute Arbeitsplatte, vollgeschmiert mit Leberwurst, Senf und getrocknetem Orangensaft. Ein ganzes Wochenende wird draufgehen bei dem Versuch, die versteinerten Nudelreste vom Geschirr zu kratzen!

Die Grenze zwischen Fürsorge und Kontrollzwang ist verdammt schmal – und wie mir scheint, hat Claire sie gerade überschritten.

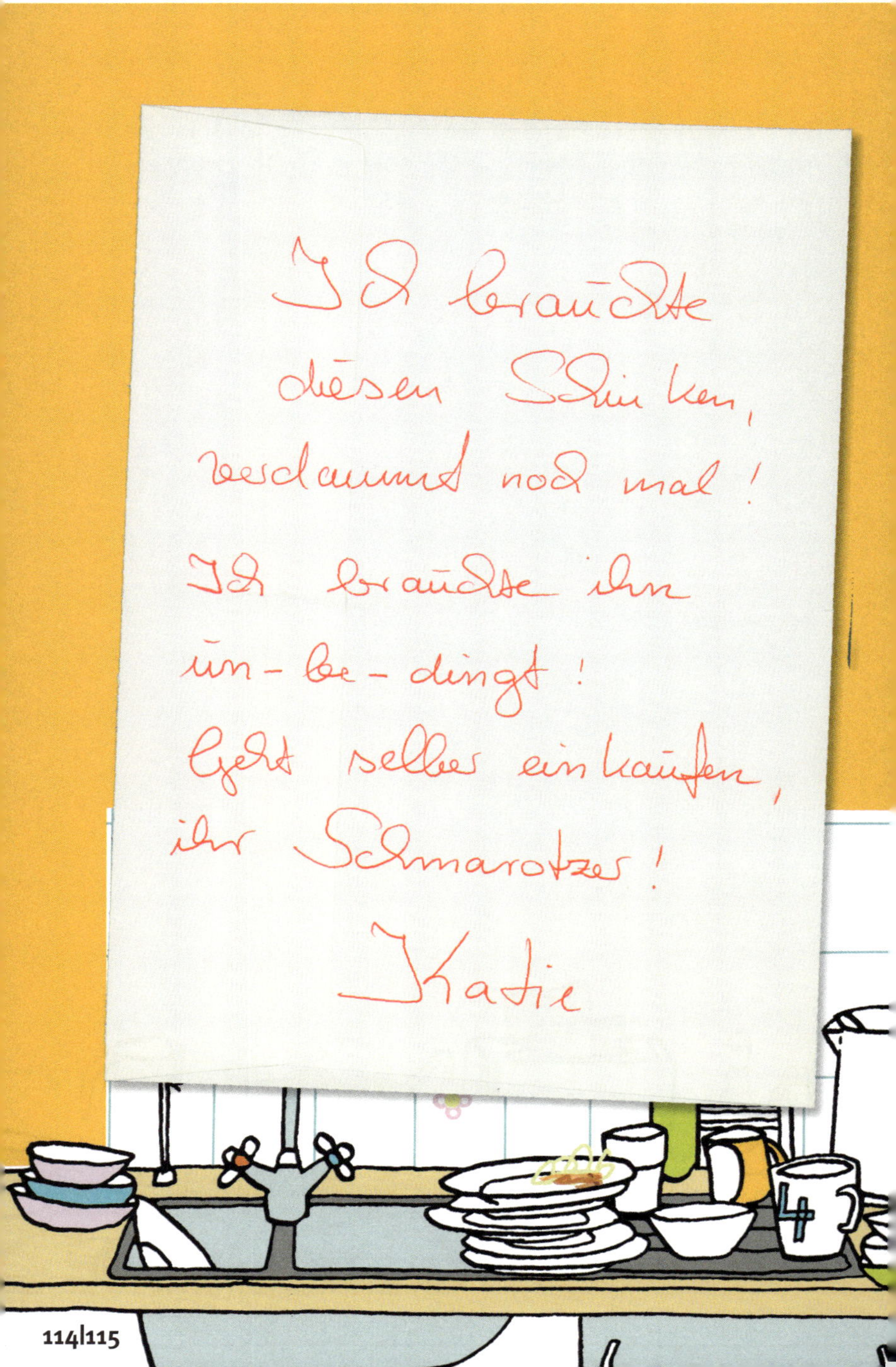
Ich brauchte
diesen Schinken,
verdammt noch mal!
Ich brauchte ihn
un-be-dingt!
Geht selber einkaufen,
ihr Schmarotzer!
Katie

Zu diesem Zettel gibt es eine Erklärung. Wie man mir berichtete, war die verzweifelte Verfasserin der festen Überzeugung, dass ihre Mitbewohner sich über ihre Vorräte hermachen – was verständlicherweise für schlechte Laune sorgt, vor allem, wenn man sie gerade »un-be-dingt« braucht. (Wobei ich mich frage, wie ein gesamtes Abendessen von ein paar Scheiben Schinken abhängen kann.) Meinem Informanten zufolge stellte sich die Wirklichkeit jedoch vollkommen anders dar. Niemand hatte den Schinken auch nur angerührt – bei den beiden Mitbewohnern handelte es sich sogar um Vegetarier. Und das Bemerkenswerteste: Im Kühlschrank war überhaupt kein Schinken vorhanden, den man hätte wegfuttern können. Ein klassischer Fall von Paranoia: In Katies Vorstellung hatten sich nicht nur zwei Vegetarier über ihren Schinken hergemacht, sie hatten das Verbrechen auch noch an einem Tag begangen, an dem sie ihn »un-be-dingt« brauchte. Eine echter Schinken-GAU!

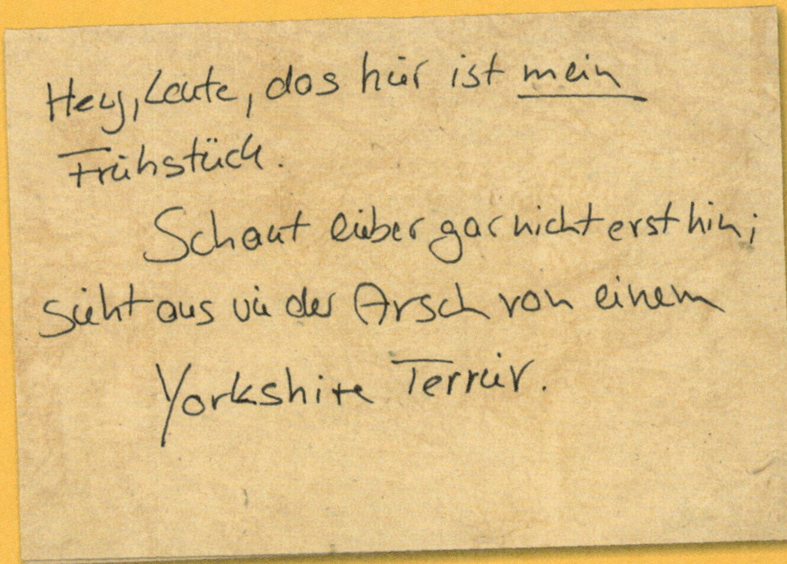
Hey, Leute, das hier ist <u>mein</u> Frühstück.
Schaut lieber gar nicht erst hin; sieht aus wie der Arsch von einem Yorkshire Terrier.

Ich habe mir sagen lassen, dass das betreffende Frühstück eine seltsame Mischung aus Haferkleie, Rosinenmüsli und einer Preiselbeerpampe war. Gut für die Verdauung, aber optisch eine echte

Zumutung. Die Zettelformulierung ist ganz schön drastisch – vermutlich ein gerissener Schachzug, um die lieben Mitbewohner vom Mundraub am Diätfrühstück abzuhalten. Dabei würde die unappetitliche Kreation bestimmt auch ohne den Hundearsch-Vergleich unangetastet bleiben, denn um so was verlockend zu finden, muss man schon ganz schön ausgehungert sein. Eine nahrhafte Ökomahlzeit lässt bei kaum jemandem das Wasser im Mund zusammenlaufen, ganz anders als beispielsweise eine Tafel Vollmilchschokolade; so was ist immer eine Verlockung – selbst wenn man sich gerade mit Bergen von Rohkost aus dem Bio-Supermarkt eingedeckt hat. Ja, wenn man in einer WG wohnt und auf Diät ist, hat man es schwer. Allein die Vorbereitungen können zur Qual werden. Wenn die Küche so groß ist wie eine Duschkabine, ist man gezwungen, jeden Morgen die WG-Kombüse zu blockieren, weil man zwei Stunden braucht, um seine Körner zu mahlen. Mit solchen Aktionen macht man sich unbeliebt – egal, wie viel man dabei abnimmt oder wie vorbildlich gesund man lebt. Bei derartigen Komplikationen drängt sich eine Frage auf: Was haben die Leute eigentlich gegen Vollkorntoast? Er ist lecker, gesund, schnell zubereitet – und er sieht auch nicht aus wie der Arsch von einem Yorkshire Terrier!

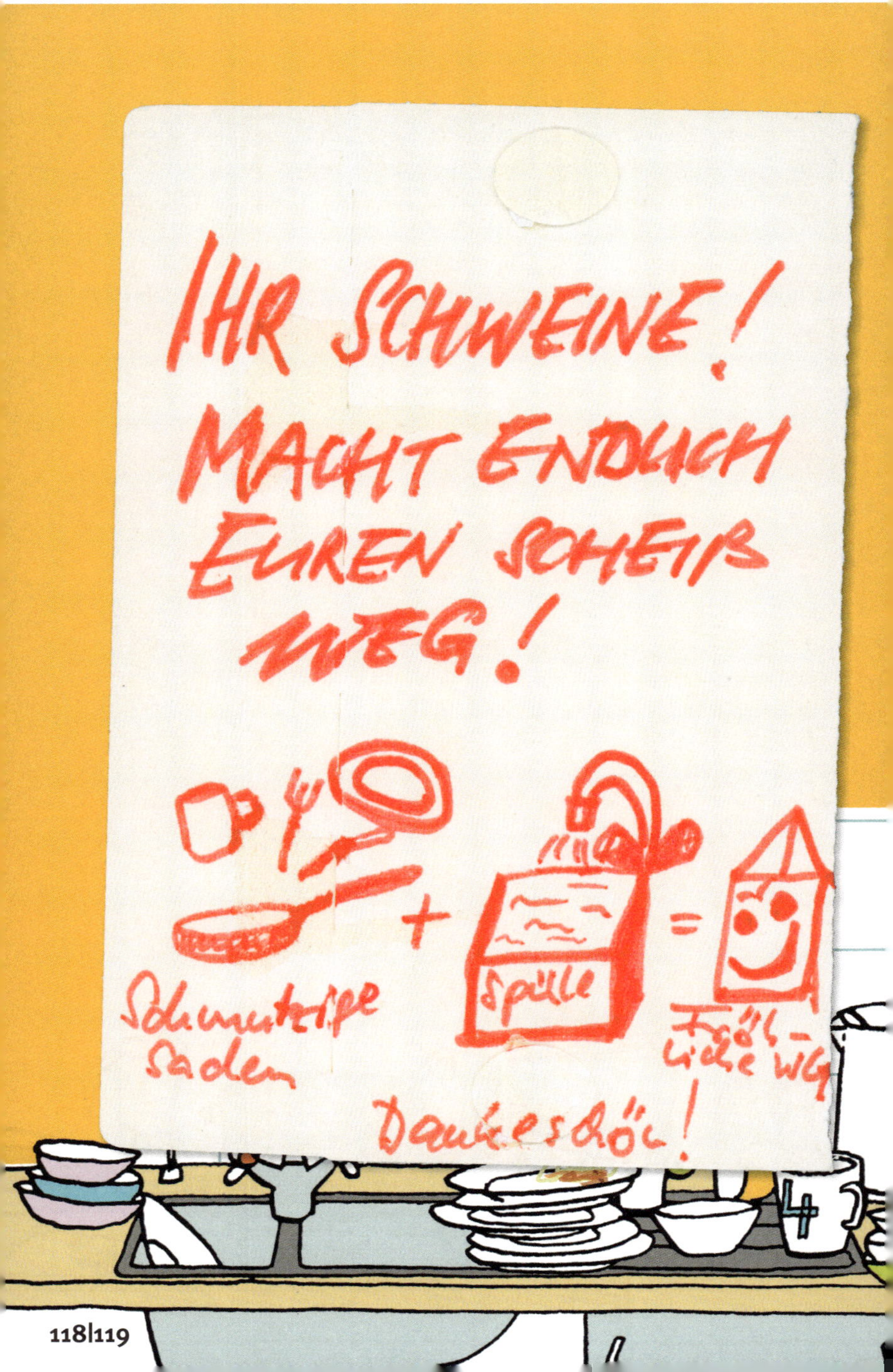
IHR SCHWEINE!
MACHT ENDLICH
EUREN SCHEIß
WEG!
Schmutzige Sachen
Spüle
Fröh-liche WG
Dankeschön!

Man muss kein Kommunikationswissenschaftler sein, um zu erkennen, dass hier jemand echt wütend ist. Ich bin mir nicht ganz sicher, was der Autor mit »euren Scheiß« meint, aber ich gehe mal optimistisch davon aus, dass er dabei nur an das schmutzige Geschirr denkt, das auch in der lustigen Gebrauchsanleitung zu sehen ist. Die fast schon hasserfüllte Notiz wird durch das niedliche »Dankeschön« zwar ein bisschen relativiert, doch in Anbetracht der Tatsache, dass die Mitbewohner ganz unverblümt als »Schweine« beschimpft werden, muss man wohl davon ausgehen, dass es sich hierbei um Sarkasmus in Reinform handelt …

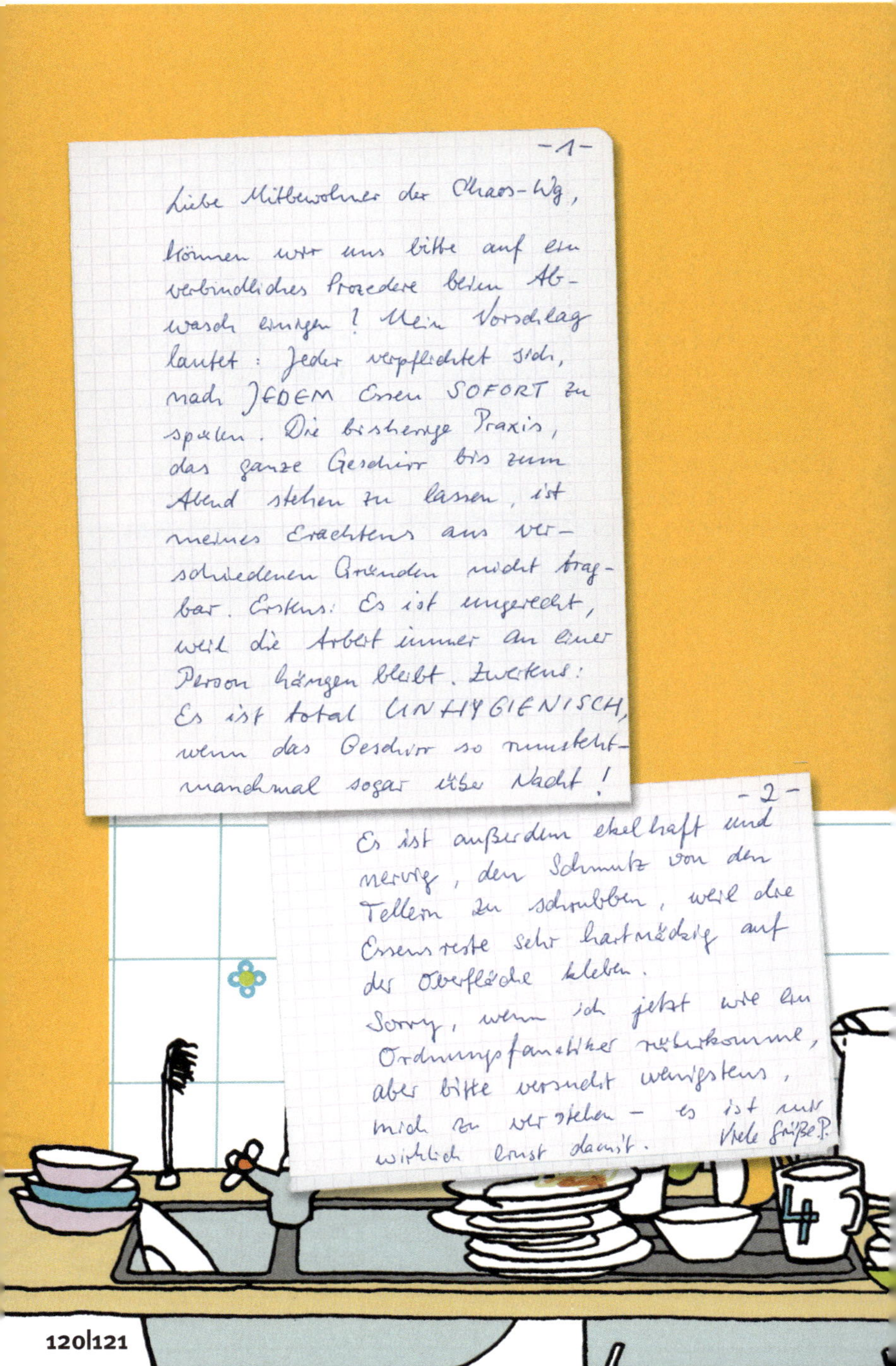
-1-

Liebe Mitbewohner der Chaos-Wg,

können wir uns bitte auf ein verbindliches Prozedere beim Abwasch einigen! Mein Vorschlag lautet: Jeder verpflichtet sich, nach JEDEM Essen SOFORT zu spülen. Die bisherige Praxis, das ganze Geschirr bis zum Abend stehen zu lassen, ist meines Erachtens aus verschiedenen Gründen nicht tragbar. Erstens: Es ist ungerecht, weil die Arbeit immer an einer Person hängen bleibt. Zweitens: Es ist total UNHYGIENISCH, wenn das Geschirr so rumsteht – manchmal sogar über Nacht!

-2-

Es ist außerdem ekelhaft und nervig, den Schmutz von den Tellern zu schrubben, weil die Essensreste sehr hartnäckig auf der Oberfläche kleben.

Sorry, wenn ich jetzt wie ein Ordnungsfanatiker rüberkomme, aber bitte versucht wenigstens, mich zu verstehen – es ist mir wirklich Ernst damit.

Viele Grüße P.

Chaos-WG?! Was für eine Ironie! Besonders chaotisch geht es in dieser WG mit Sicherheit nicht zu, sonst könnte es ein Pedant wie dieser nicht länger als zwei Wochen darin aushalten. Wahrscheinlich ist dieser Zettelschreiber schon genervt, wenn man in seiner Anwesenheit auch nur atmet. Am liebsten würde er vermutlich ein Regiment wie in einer Kaserne führen und die Mitbewohner den Boden schrubben lassen – mit einer Zahnbürste. Trotzdem entschuldigt er sich für seine Kritik, und das ist gar nicht mal so unüblich für diese Art von Protestschreiben. Viele von ihnen beginnen mit Sätzen wie: »Es ist mir peinlich, das überhaupt zu erwähnen, *aber* …«, »Ich kann selbst kaum glauben, dass ich das jetzt schreibe, *aber* …« oder auch mit: »Ich hätte niemals gedacht, dass ausgerechnet ich mich über so was einmal aufregen würde, *aber* …« All diese Entschuldigungen sind natürlich total geheuchelt. Wenn jemand so was schreibt, ist er sauer, und er will motzen! Leider erzeugt man mit einem solchen Zettel negative Spannungen, die viel schlimmer sind als das eigentliche »Problem«, das man damit in den Griff kriegen will. Abgesehen davon: Wenn die Mitbewohner Formulierungen wie »verbindliches Prozedere« benutzen, um ihre Konflikte zu lösen, ist man nicht in einer Chaos-WG zu Hause, sondern beim Ordnungsamt.

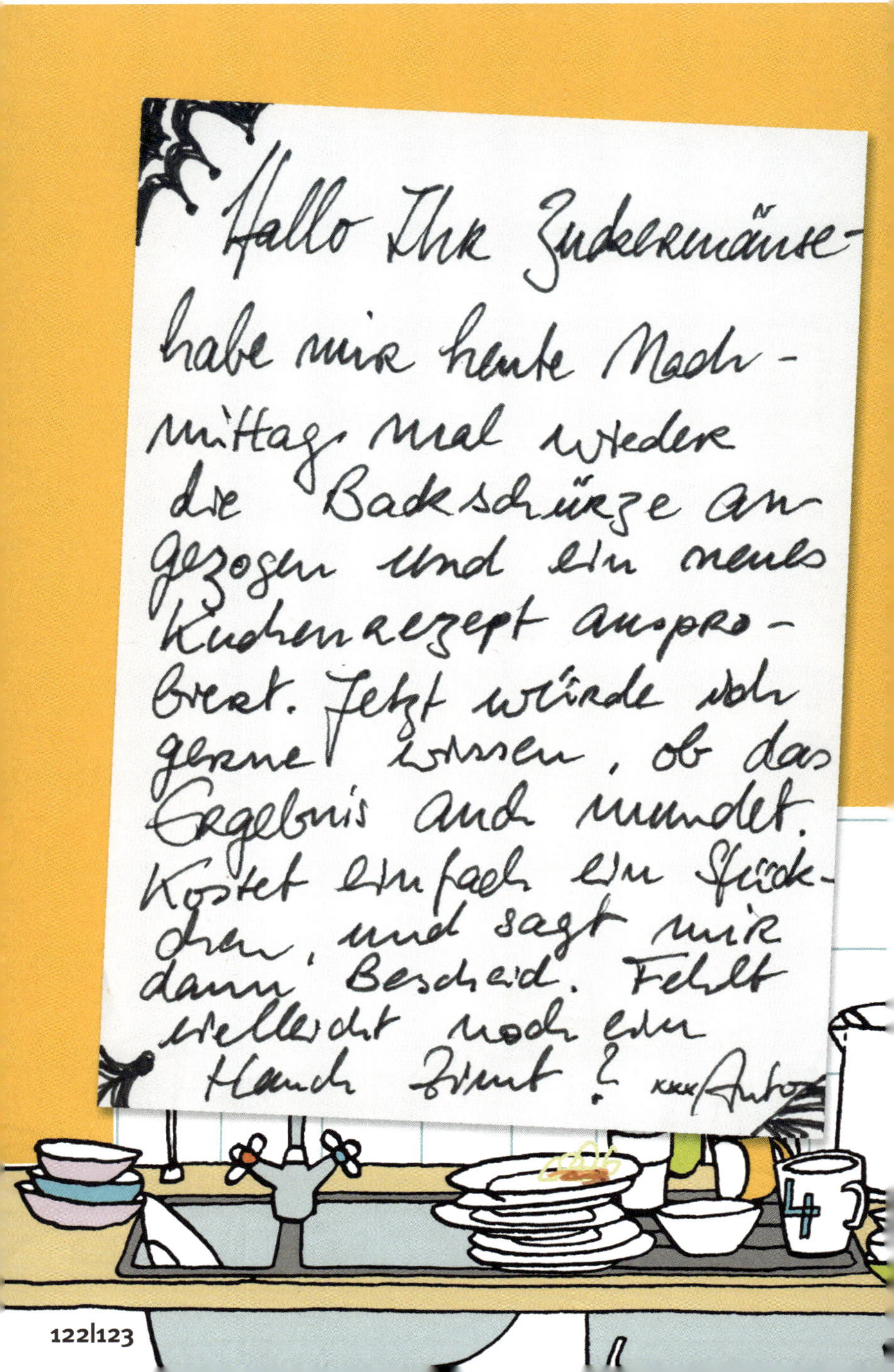
Hallo Ihr Zuckermäuse-
habe mir heute Nach-
mittag mal wieder
die Backschürze an-
gezogen und ein neues
Kuchenrezept auspro-
biert. Jetzt würde ich
gerne wissen, ob das
Ergebnis auch mundet.
Kostet einfach ein Stück-
chen und sagt mir
dann Bescheid. Fehlt
vielleicht noch ein
Hauch Zimt? xxx

Die Backschürze anziehen? Ein kleiner Hauch Zimt? Oh Mann, das Ganze klingt wie aus einer anderen Zeit. – Einer Zeit, in der man am Wochenende mit den Eltern auf Fahrradtour war oder mit Opa und Oma »WETTEN, DASS ...?« geguckt hat, anstatt sich auf irgendwelchen Clubtoiletten mit mysteriösen Pülverchen zu vergiften. Aber keine Frage: So ein Angebot nimmt natürlich jeder gerne an!

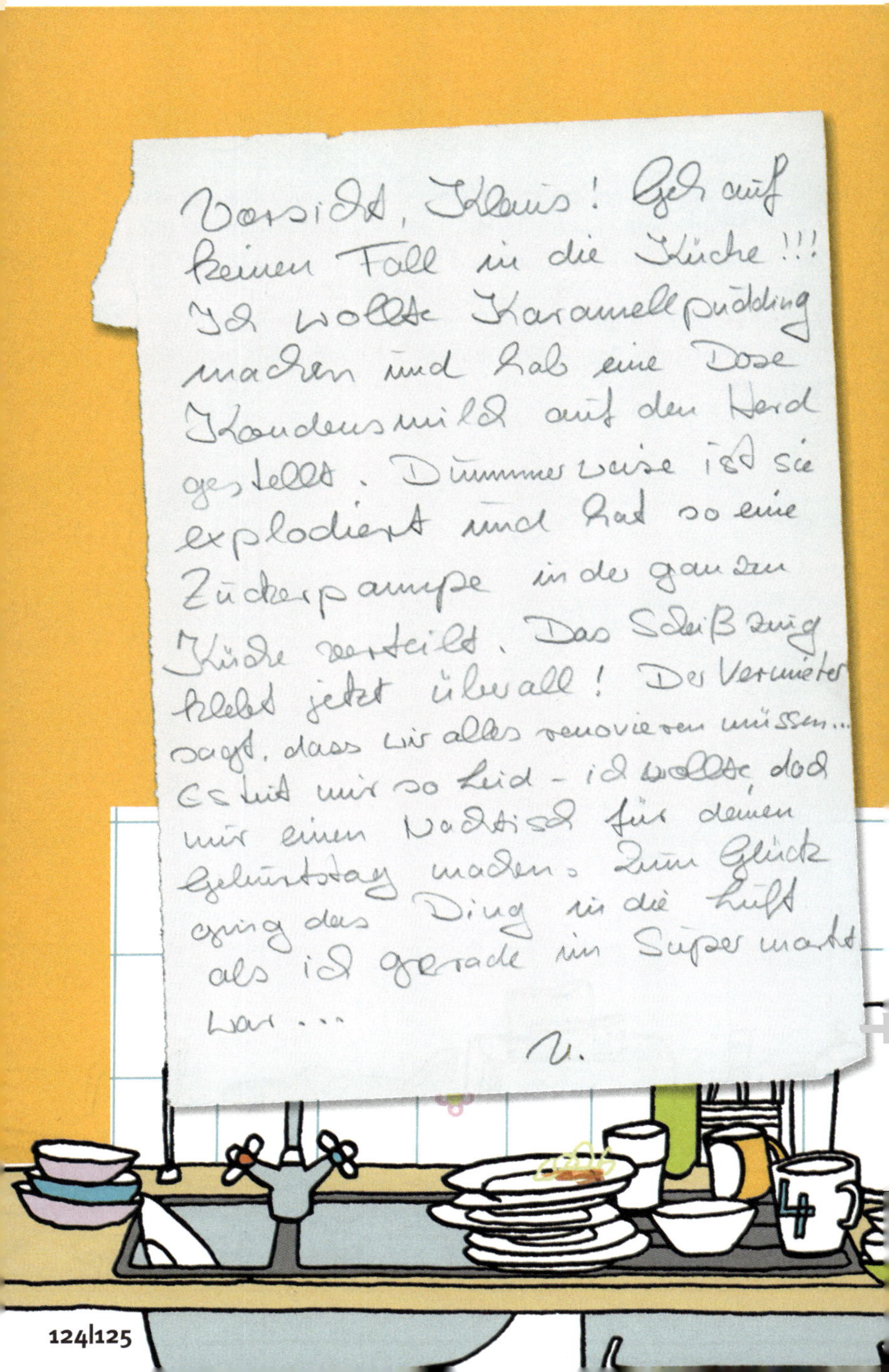

Vorsicht, Klaus! Geh auf
keinen Fall in die Küche!!!
Ich wollte Karamellpudding
machen und hab eine Dose
Kondensmilch auf den Herd
gestellt. Dummerweise ist sie
explodiert und hat so eine
Zuckerpampe in der ganzen
Küche verteilt. Das Scheißzeug
klebt jetzt überall! Der Vermieter
sagt, dass wir alles renovieren müssen...
Es tut mir so leid – ich wollte doch
mir einen Nachtisch für deinen
Geburtstag machen. Zum Glück
ging das Ding in die Luft
als ich gerade im Supermarkt
war...
V.

Seit einiger Zeit leide ich unter der Angst, einen komischen Tod zu sterben. Das hat angefangen, als ich die Geschichte von dem paranoiden italienischen Tenor zum ersten Mal gehört habe. Der Sänger litt (im Übrigen völlig unbegründet) unter schrecklichem Verfolgungswahn und hatte für alle Fälle immer einen Revolver auf dem Nachttisch liegen. Als er dann einmal nach Mitternacht in seinem Hotelzimmer angerufen und aus dem Schlaf gerissen wurde, griff er anstatt zum Telefonhörer zum Revolver, führte diesen ans Ohr und erschoss sich aus Versehen. Wenn man nun von einer explodierenden Konservendose mit einer Schicht karamellisierter Kondensmilch überzogen wurde und dann versteinert und tot in der Küche steht, gibt es bestimmt auch eine ganze Reihe Leute, die das witzig finden. Es heißt ja, man stirbt so wie man gelebt hat. In diesem Sinn wäre ein solcher Tod angemessen für den Mitbewohner von Klaus: ein komischer Tod für einen komischen Typen ...

Du fragst Dich vielleicht gerade, was das für ein teuflischer Gestank ist, der die GANZE WOHNUNG verpestet ...

Vielleicht erinnerst du dich daran, dass du – bevor du aus dem Haus gegangen bist – drei Eier zum Kochen auf den Herd gestellt hast.

NEIN, natürlich erinnerst du dich NICHT daran! Nach sieben Stunden (!) sind die Dinger dann zwangsläufig explodiert!!! Ich habe alles saubergemacht, eine Riesenschweinerei war das! Trotzdem hat es die ganze Nacht gestunken wie Sau! Du musst Dein Leben endlich auf die Reihe kriegen, Mann!

Die ganze Bude hätte abfackeln können. Okay, du bist gerade mit anderen Dingen beschäftigt, aber denk daran:

DU BIST NICHT ALLEIN AUF DIESER WELT!

Ich fühle mit dem Jungen, für den dieser Zettel geschrieben wurde – ich habe nämlich einmal eine ganz ähnliche Aktion gebracht. Ja, Eier können stinken. Genauso wie verbrannte Pfannen. Aber verkohlte Eier, die in verbrannten Pfannen explodieren: Das eröffnet eine ganz neue Dimension. Wie konnte es zu dieser Katastrophe kommen? Wenn man den Kopf voll hat, kommt es schon mal vor, dass man so einiges vergisst. Irgendwie muss man ja Platz schaffen für die phantastischen, großen und weltbewegenden genialen Gedanken, die man gerade entwickelt. Ich bin sicher, auch Einstein hat ständig Eier zum Kochen auf den Herd gestellt und ist dann spazieren gegangen.

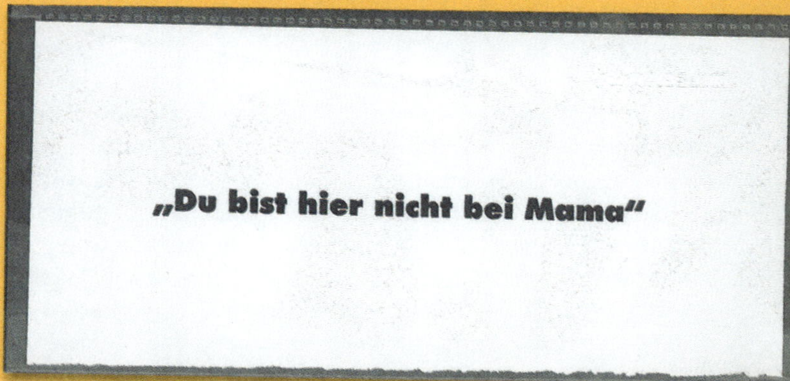
„Du bist hier nicht bei Mama“

Da hat sich jemand wirklich Mühe gemacht: Der Autor hat die Nachricht nicht nur ausgedruckt, sondern auch noch in Klarsichtfolie eingeklebt. Das Zettelschreiben erreicht hier ein ganz neues und – für meine Begriffe – entsetzlich professionelles Level. Was kommt als Nächstes? Eine blinkende Anzeigetafel? Ein singendes Telegramm?

Würdest Du bitte aufhören, all meine Stifte anzukauen ?!?
Das sind PROFESSIONELLE ZEICHEN-STIFTE, die sind echt teuer!
Vielleicht solltest Du Dir öfter ein richtiges Mittagessen gönnen – oder bist Du noch in der oralen Phase ... ?

Eine sehr schlechte Angewohnheit! Schließlich weiß man ja nie genau, wer den Stift vorher schon benutzt hat – und vor allem: wofür! Möglicherweise hat ja sogar schon jemand anders daran genuckelt, bevor man ihn selbst in den Mund steckt. Mir persönlich reicht aber schon die Tatsache aus, dass jemand den Stift in der Hand hatte, um diesen nicht als Schnullerersatz zu missbrauchen.

HOTEL BEACON
2130 BROADWAY AT 75TH STREET
NEW YORK, N.Y. 10023
TEL. (212) 787-1100 FAX (212) 724-0839
Danke für heute.
den Kaffee
Morgen Sorry!
bin noch zu
müde zum
Reden
to do

In frühen Morgenstunden wird besonders gerne auf Zettel als Kommunikationsmittel zurückgegriffen. Aus gutem Grund: Wenn man körperlich schon in der Küche ist und sein Brot schmiert, mental aber noch im Bett liegt und pennt, ist man nur eingeschränkt kommunikationsfähig. Und schließlich kann man nicht alles mit undeutlichen Grunz- und Grummellauten klären oder indem man mit einer stummen Geste auf das vitalisierende Heißgetränk deutet. Wäre es daher nicht sinnvoll, sich eine kleine Sammlung mit Kommunikationskarten zuzulegen? Je nach Bedarf könnte man die dann seinen Mitbewohnern morgens vor die Nase halten – zum Beispiel: »Guten Morgen«, »Danke schön«, »Wo ist die Milch?« oder »Hau ab – du nervst!«

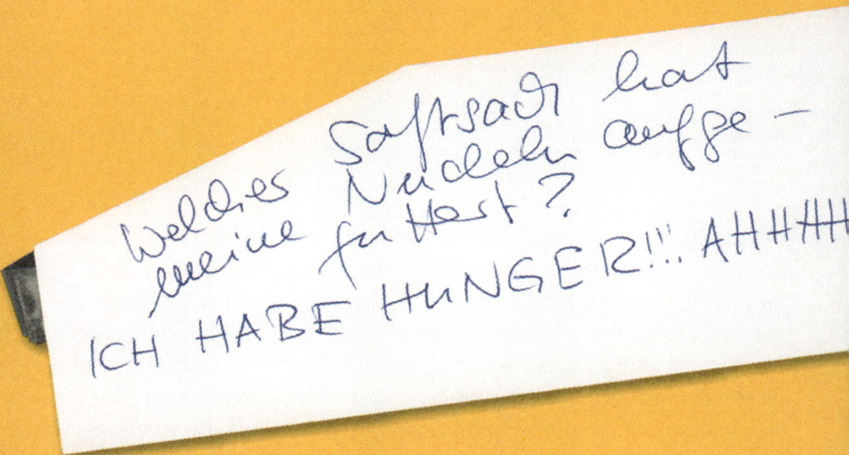

Ein Hilfeschrei – und Gott weiß: Ein jeder von uns kennt diesen entsetzlichen Moment. Selbst Gandhi würde in so einer Situation zum Amokläufer mutieren. Das Ende eines langen Arbeitstages rückt näher, und man hat sich ausgemalt, was alles im Küchenregal auf einen wartet. Gedanklich hat man die Zutaten schon

ausgewählt und sich einen Plan für ein perfektes Abendessen zurechtgelegt. Auf dem Rückweg in der U-Bahn hat man den wunderbaren Geschmack des Gerichts schon auf der Zunge. Man ahnt nicht, dass sich in wenigen Momenten die purpurne Wolke des »Gestohlene-Zutaten-Zorns« auf einen herabsenken wird ... Man ist zu Hause angekommen, hat den Mantel abgelegt, die Schuhe in die Ecke geschmissen und die Pfanne mit einer eleganten Drehbewegung schon auf dem Herd platziert – man ist in Hochstimmung. Dann kommt der Moment, in dem man den Schrank öffnet, um die Zutaten rauszuholen – und unbegreiflicherweise greift man ins Leere: Die Nudeln sind weg! Eine grollende Stimme meldet sich aus den Untiefen der Eingeweide: »Welches Funzgesicht hat meine Eiernudeln gestohlen?« In einem solchen *worst case scenario* hat man verschiedene Handlungsoptionen: Entweder man setzt sich an den Küchentisch und löffelt im Schein des Neonlichts den öligen Pott Basilikum-Pesto mit einem Joghurtlöffel aus. Oder man rennt schnell durch den Regen zum Feinkost-Kiosk um die Ecke, lässt sich eine Packung Pasta für 8,20 Euro einpacken und beschert so dem blöd grinsenden Besitzer einen Bruttogewinn von 500 %. Arschloch!

SEL
FIN
あっさり仕立ての
Stefan

Ja, ganz recht: Stefan hat sein Gemüserevier mit seinem Namen markiert. *Stefan, du weißt schon, dass es sich hierbei um Zwiebeln handelt, nein?* Nach meinem Informationsstand kann man Zwiebeln für sehr wenig Geld in rauen Mengen erstehen, schließlich handelt es sich hierbei nicht um einen Edelschimmelkäse, einen teuren luftgetrockneten Schinken vom spanischen Biobauern und auch nicht um eine Flasche Champagner von Papis privatem Winzer ... Und falls du doch einmal so ganz ohne Zwiebeln dastehen solltest, lieber Stefan, dann dürfte es nicht besonders schwer sein, unter geringem Aufwand und für ein paar Cent deinen Vorrat aufzustocken – außer vielleicht, du wohnst in einer WG auf einer Bohrinsel mitten in der Nordsee ...

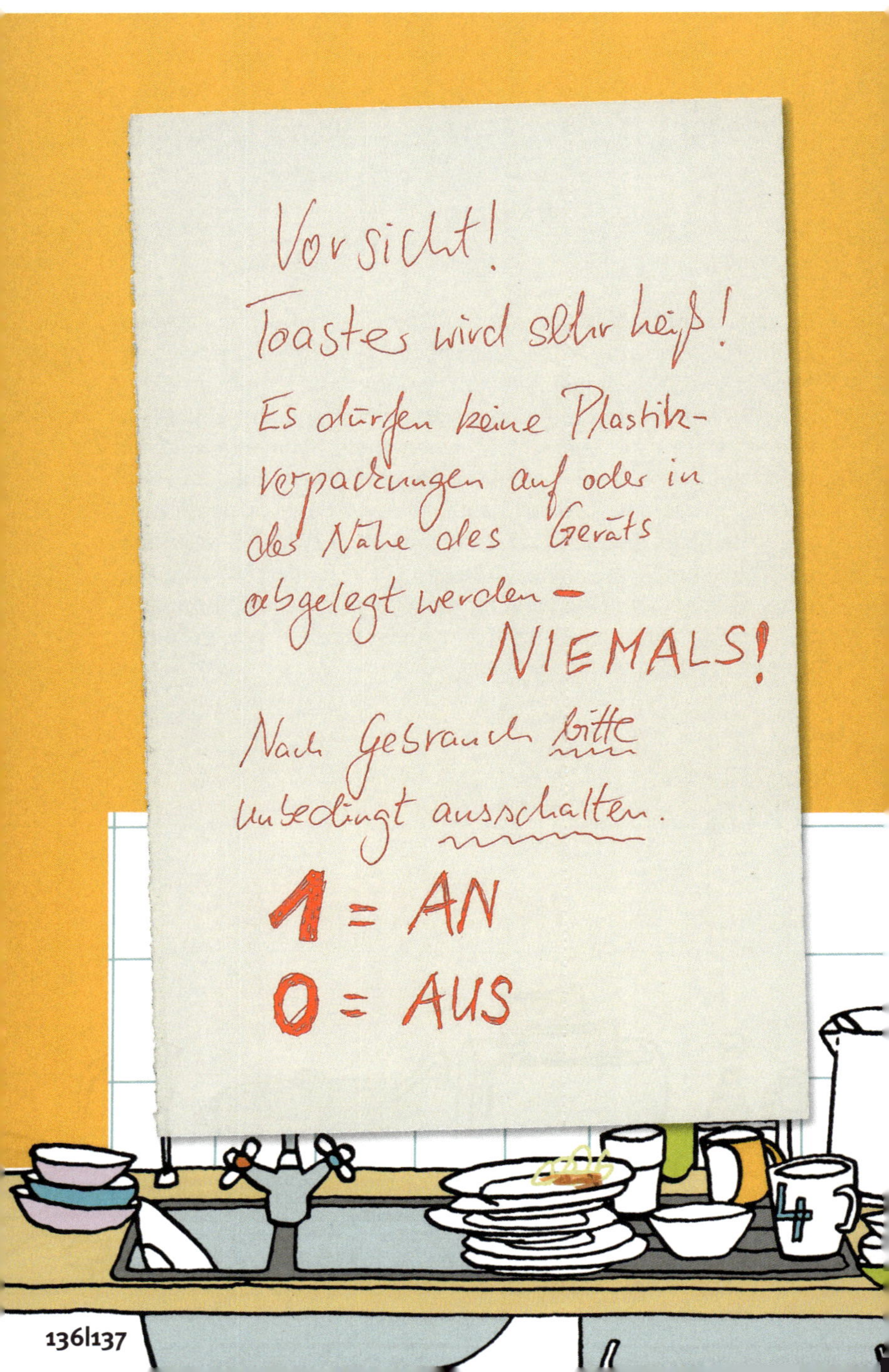
Vorsicht!
Toaster wird sehr heiß!
Es dürfen keine Plastik-
verpackungen auf oder in
der Nähe des Geräts
abgelegt werden –
NIEMALS!
Nach Gebrauch bitte
unbedingt ausschalten.
1 = AN
0 = AUS
4

Um Himmels willen! Das klingt so, als ob diese Warnung eigentlich zu spät kommt. Welcher schreckliche Vorfall mit einer Plastikverpackung auf oder neben dem Toaster hat sich hier bereits zugetragen? Oh nein! Ich werde an Albträumen leiden, in denen jemand morgens gut gelaunt in die Küche kommt, um sich einen Frühstückstoast zu machen, und sich wenige Sekunden später mit einer geschmolzenen Plastikfolie im Gesicht kreischend am Fußboden windet. Genau diese Art von Warnungen hat mich als Kind immer zum Weinen gebracht. Zur selben Kategorie zählen auch: »Wenn du deinen Kaugummi verschluckst, verstopft dein Magen, und dir platzt der Bauch!« Oder: »Halt dich bloß vom Mixer fern, sonst verfangen sich deine Haare, und du wirst skalpiert …« Kann das wahr sein? Mit einem Mal erscheint die heimelige Küche als ein unheimlicher Ort voller potenzieller Gefahren und drohender Katastrophen. Ich habe den Verdacht, dass die Person, die diese Anleitung geschrieben hat, in der Arbeitsschutzbranche arbeitet. Gibt es in der Wohnung auch Strickleitern, um im Notfall über das Fenster flüchten zu können? Wird alle paar Wochen eine Evakuierung geprobt? Klar, ich mach mich lustig, aber mal unter uns: Ich habe eben meine Kaugummipackung weggeschmissen und die Batterien am Feuermelder ausgewechselt. Nur so, für alle Fälle …

FRANK!

Als ich gesagt habe, du sollst dich mal um die Küche kümmern, meinte ich, dass du sie saubermachen sollst – nicht STREICHEN! Du hast einfach alles übermalt, einschließlich die Zwiebelreste in der Kochnische, du Idiot. Jetzt ist alles voller Hubbel-Scheiße. SAUBERMACHEN ist nicht dasselbe wie STREICHEN!!! Es ist auch nicht so etwas Ähnliches wie Streichen. Es ist etwas vollkommen anderes!

Übrigens: Wie bist du draufgekommen, auch die Abdeckhaube vom Herd mit Farbe zu beschmieren? Und dann auch noch die Kacheln! Jeder Depp weiß, dass das nicht hält. Die Farbe bröckelt schon jetzt.

Du bist ein Phänomen: Du machst nicht nur das Falsche, du machst das Falsche auch noch falsch. Hut ab!

Ich fahre am Wochenende zu meinen Eltern, also hast du Zeit, dir was einfallen zu lassen.

Stefan

In dem Brief, den ich zusammen mit dieser Nachricht zugeschickt bekam, wurde erklärt, dass das Thema »Küche sauber machen« schon einige Zeit im Raum stand und die Weichen für einen Streit seit Längerem gestellt waren. Stefan hatte schon mehrere Tage lang versucht, Frank dazu zu überreden, sich endlich mal um die Küche zu kümmern. Frank ist jemand, der sich selbst als einen »Alles oder nichts«-Typen beschreibt, und er erklärte, das sei auch der Grund gewesen, warum er sich die Küche »mal so richtig vorknöpfen« wollte. Mit einem Farbeimer, der schon seit der ersten Mondlandung in der WG rumstand, hat er einfach alles vollgepinselt. Trotz zahlreicher und hartnäckiger Reinigungsaktionen konnte die Küche nicht vollständig saniert werden. Jedes Mal, wenn man mit einem feuchten Lappen über eine Oberfläche wischte, kam noch etwas Farbe runter. Einige Zeit nach diesem Vorfall packte Stefan seine Sachen und zog aus. Franks Vorschlag, dass man das Problem ja lösen könne, indem er ab jetzt einfach nichts mehr sauber macht, hatte wohl nicht überzeugt.

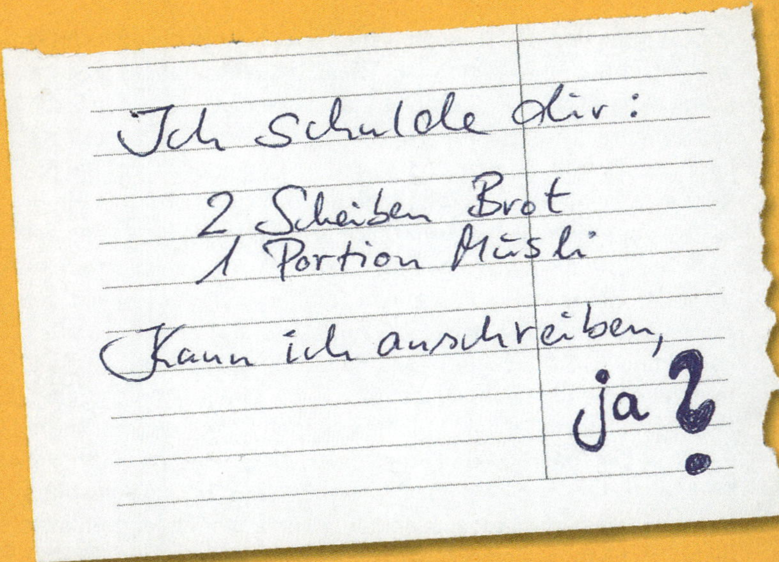
Ich schulde dir:
2 Scheiben Brot
1 Portion Müsli
Kann ich anschreiben, ja?

to do
4

Wenn man sich bei seinen Mitbewohnern bedient hat, lohnt es sich in den meisten Fällen nicht, die entsprechenden Vorräte heimlich wieder aufzufüllen; die Wahrscheinlichkeit, dass man erwischt wird, ist einfach zu groß. Ich kenne zum Beispiel einen Typen, der den tollen Einfall hatte, die Milchpackung seines Mitbewohners mit Wasser und Kaffeeweißer zu veredeln, nachdem er sich am Vortag daraus zwei volle Gläser genehmigt hatte. Dummerweise flog der Bluff auf, als der Mitbewohner nach seiner morgendlichen Jogging-Runde in die Küche hechtete und sich mit vollem Elan die saure, klumpige Masse in den Rachen schüttete. *Köstlich!* Ich vertrete seit Längerem schon die Position: Entweder reinen Tisch machen oder – wie der Kollege vom Zettel oben – anschreiben lassen.

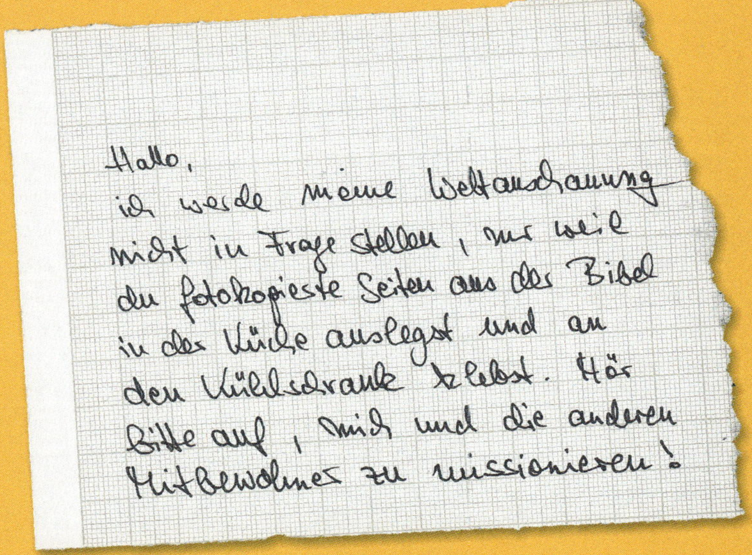

Hallo,
ich werde meine Weltanschauung
nicht in Frage stellen, nur weil
du fotokopierte Seiten aus der Bibel
in der Küche auslegst und an
den Kühlschrank klebst. Hör
bitte auf, mich und die anderen
Mitbewohner zu missionieren!

Wenn man herausfindet, was für Geschichten hinter den Zetteln stecken, denkt man oft: Gott sei Dank habe ich so normale Mitbewohner! Wenn man aber den Hintergrund zu diesem erzählt bekommt, möchte man allem und jedem danken – außer Gott.

Als der betreffende Mann einzog (nennen wir ihn der Einfachheit halber »Mr. X«), wirkte er höflich und kultiviert. Es hieß, er würde nur ein Jahr bleiben. Der Grund: Er war verlobt, wollte mit dem Zusammenziehen aber noch bis zur Hochzeit warten. Das wirkte zwar ein wenig antiquiert und seltsam, aber die Mitbewohner sagten sich: Was soll's – wieso eigentlich nicht? Doch schon bald fing der gute Mann an, seine Mitbewohner darüber zu belehren, dass es eine Sünde sei, vor der Ehe mit seinem Partner das Bett zu teilen. Zuerst tauchte das Thema nur am Rande auf, dann immer öfter, und schließlich war es eine Dauerdiskussion, die jedem aufgezwungen wurde – ob er wollte oder nicht. Wenn die Partner der Mitbewohner über Nacht blieben, verzog Mr. X angewidert sein Gesicht und redete den »Sündern« ins Gewissen. Trotzdem hielten die Mitbewohner die ersten kopierten Bibelzitate lediglich für die Lektüre ihres neuen WG-Nachbarn, die er vermutlich auf dem Küchentisch vergessen hatte. Als allerdings immer mehr Bibelseiten in der Küche auftauchten und schließlich auch an prominenter Stelle am Kühlschrank klebten, war allen klar: Mr. X befand sich auf seinem ganz privaten missionarischen Kreuzzug. Die Spannungen entluden sich schließlich in einer Diskussion über Sex vor der Ehe, als ein aufgebrachter Mitbewohner den bibeltreuen WG-Genossen mit der Feststellung konfrontierte: »Vielleicht hat deine Verlobte ja einen perversen Anal-Fetisch – und du weißt es noch nicht mal ...« Nachdem Mr. X den Begriff »Anal-Fetisch« nachgeschlagen hatte, stürmte er in die voll besetzte Küche zurück, und es kam zum Eklat. Wenige Tage später zog er aus. Zu der Hochzeit hat er übrigens keinen seiner ehemaligen Mitbewohner eingeladen ...

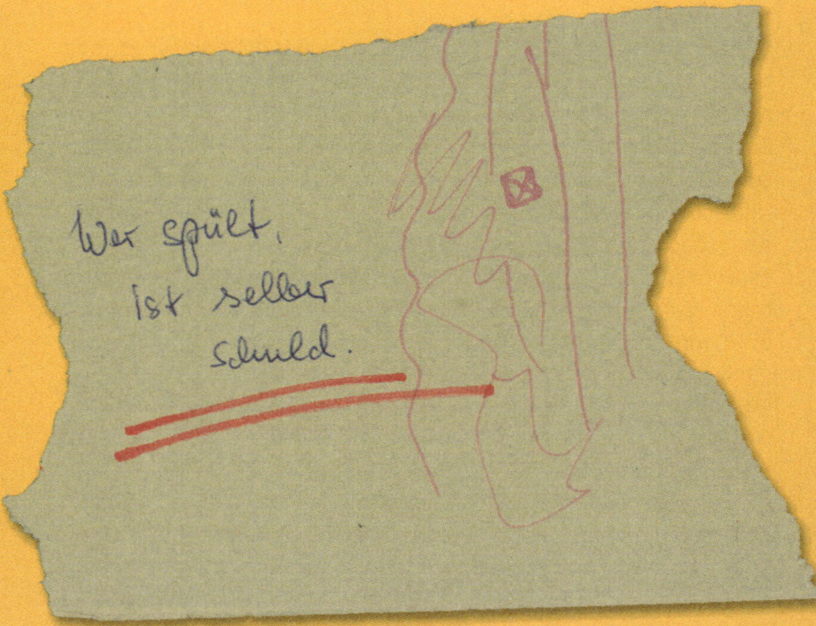

Dem ist nichts hinzuzufügen.

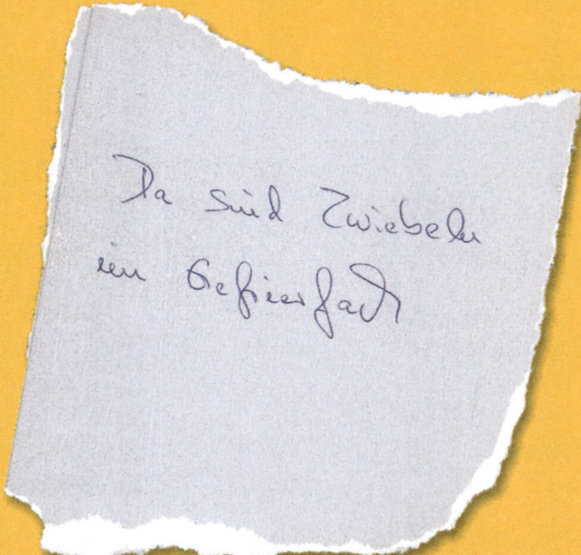

Immer wieder diese Zwiebeln! Mir war nicht bewusst, dass für viele Leute ZWIEBELN eine so wichtige Rolle im Leben spielen. Oder ist der Zettel eher als eine Art Warnung zu verstehen, im Sinne von: *Blutegel im Wasser?* Oder leidet jemand in der WG unter einer Zwiebelphobie? Nun ja, es gibt nichts, was es nicht gibt ...

Mark

ich war ganz schön verwundert, als ich von der Arbeit nach Hause kam: Ich wollte doch nur ein Glas von meinem Orangensaft haben, aber – da schau her! – den hatte schon jemand ausgetrunken! Da ich die letzten beiden Wochen ohne einen freien Tag in 14-Stunden-Schichten durchgearbeitet habe, während du sozusagen Strandurlaub hattest, würde ich ganz einfach vorschlagen:
Kauf dir beim nächsten Mal einfach deinen eigenen Saft – oder spricht irgendwas dagegen?

Frank

Ich kenne Frank – er ist ein liebenswerter Kerl, der darüber hinaus sehr gut organisiert ist. Er ist einer von den Menschen, die Texte mit verschiedenfarbigen Markern durcharbeiten und für ihre Akten stabilisierende Kleberinge benutzen. Frank ist ein hart arbeitender Typ mit einem ausgeprägten Pflichtbewusstsein, der in der Schule immer Klassensprecher war. Das glaubt man natürlich sofort, wenn man sich den Zettel hier anschaut. Deswegen fühle ich mit ihm und bedauere den Verlust seines Orangensaftes. Frank wird sicher auch nicht den Billignektar aus Konzentrat gekauft haben, sondern eher die Sorte Bio-Öko-Fair-Trade-Saft, der teurer ist als flüssiges Gold. Wie ich ihn kenne, hat er genau ausgerechnet, wie viele Tage eine Tüte davon hält, bevor er wieder neuen kaufen muss. Lange Extraschichten, Schlafentzug und sein Mitbewohner Mark haben ihn offenbar nervlich ziemlich überfordert. Da er aber nicht zu wütenden Gefühlsausbrüchen neigt, gibt es stattdessen nur diesen äußerst moderaten Zettel-Anschiss.

Warum ist mein Bett so feucht?

Liebe, Sex & neue Partner.
Zettel aus dem Schlafzimmer

Das Schlafzimmer ist ein Ort der Kreativität und der Produktion neuer Ideen. Klar, hier werden nicht nur Ideen produziert, sondern auch Nachwuchs, aber abgesehen davon wird hier auch gerne gelesen, geschrieben und natürlich Musik gehört. Wenn diese Kreativität dann aus diesem Zimmer ausströmt und sich in der Wohnung ausbreitet, entstehen zu unserem Glück auch viele kreative Zettel. Das Poltern, von dem man zunächst hofft, dass es vom Umräumen irgendwelcher Regale stammt, hat meistens doch eine andere Geräuschquelle – und das kann einem ganz schön den Schlaf rauben. Und wenn man um zwei Uhr morgens von dem tödlichen Stampfen einer Hardcore-Techno-Sitzung geweckt wird, kann man selbst als Schmuse-Pop-Fan ganz schön böse werden. Kurz und gut: Das Schlafzimmer ist als privater Rückzugsraum gedacht – aber in einer WG fällt so was praktisch flach.

Man weiß nie, was sich hinter verschlossenen Türen abspielt – es sei denn, die Türen und Wände sind dünn wie Pappe. Das Zusammenleben nimmt einem jede Illusion der gemeinschaftlichen Harmonie; von wegen »Home is where the Heart is« – »Home is where the Hate is« wäre schon treffender. In einer WG entwickeln sich alle Beziehungen automatisch zu Soap-Opera-Dramen. Dieser Umstand war auch eine der treibenden Kräfte hinter diesem Buch. Als langjährige WG-Bewohnerin habe ich mich zu einer hoch qualifizierten Voyeurin entwickelt. Ich kenne das Auf und Ab, und ich habe gesehen, wie scheinbar perfekte Beziehungen ganz plötzlich in lautes Fluchen, bitteres Weinen und Türenschlagen übergehen können. Wenn man in einer Wohnung zusammenlebt, lässt sich eine trügerische Fassade nie lange aufrechterhalten; und trotzdem überbieten sich die Leute darin, sich bei der Begegnung im Flur breit und fröhlich anzugrinsen, als ob sie nicht wüssten, was sich gerade für entsetzliche Dramen hinter verschlossenen (aber geräuschdurchlässigen!) Türen abgespielt haben. Aus diesem Grund ist das Zusammenleben auch ein hervorragender Test für eine Beziehung. Es ist ein gutes Omen, wenn man es erträgt, dass der Partner irgendwann mitbekommt, wie bescheuert und irrational man sich beizeiten verhält. Nach dem Motto: Wenn wir das hier durchstehen, können wir auch zusammen durch die Hölle gehen.

Als Single hat man es aber auch nicht leicht. Wie soll man sein Date verführen, wenn man nicht zu zweit, sondern zu dritt auf dem Sofa sitzt? Oder wer weiß: Am Ende steht dein Date auch auf deine Mitbewohnerin, und bevor du dich versiehst, findet ihr euch in einer tödlichen Dreiecksbeziehung wieder. Horror!

Wie gesagt, das Schlafzimmer sollte ein friedlicher Raum sein, ein Ort, an dem man sich erholt und die Sorgen des Alltags vergisst. Das ist leichter gesagt als getan, wenn du dich abends in deine Laken hüllst und dann plötzlich registrierst, dass sich einer deiner Mitbewohner ungefragt auf deinem Bett rumgelümmelt und dabei seine halb leeren Bierdosen und ein Kaugummi zurückgelassen hat – als eine Art klebrig-stinkende Signatur.

Hi Carla,

du scheinst nachts ein hartes Programm zu haben, das dich ganz schön auf Trab hält. Ich dagegen habe tagsüber ein hartes Programm, und ich würde die Nacht zum Schlafen – zumindest hab' ich das vor ... Würdest du also bitte den Lärmpegel nach Mitternacht senken? Oder besser noch: Besorg' dir doch einfach einen Job!

Danke! Josie

Ein paar von den Zetteln, die mir ohne weitere Erklärung zugeschickt wurden, sind einfach genial! Und das harte Mitternachtsprogramm von Carla regt definitiv die Phantasie an ...

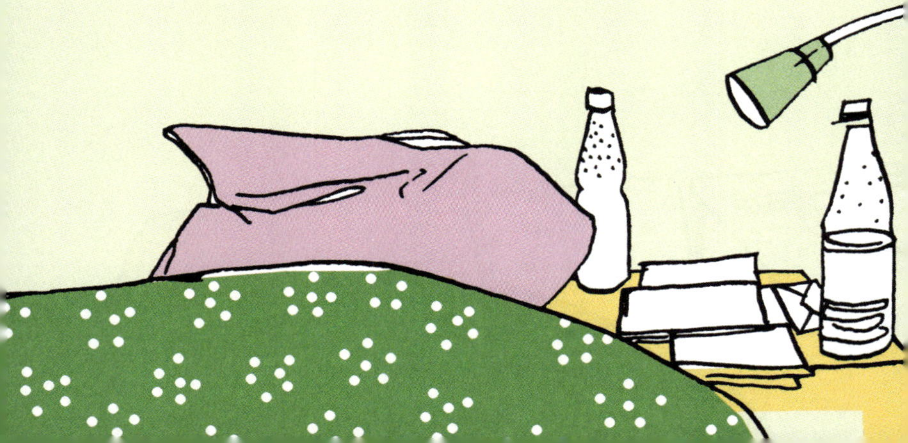

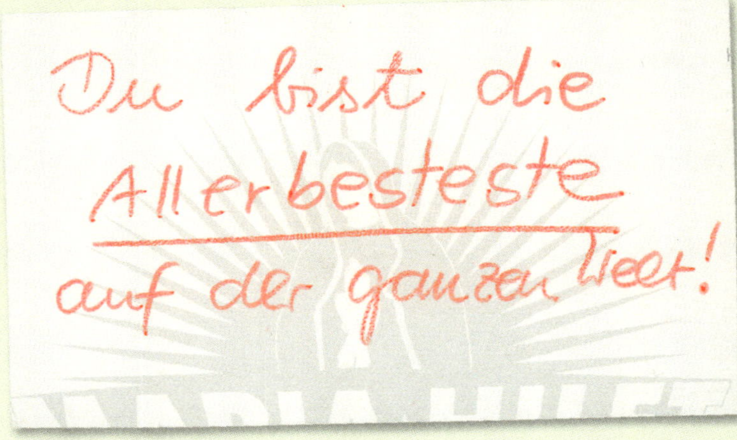

So eine Nachricht zu bekommen, ist das Allerschönsteste!

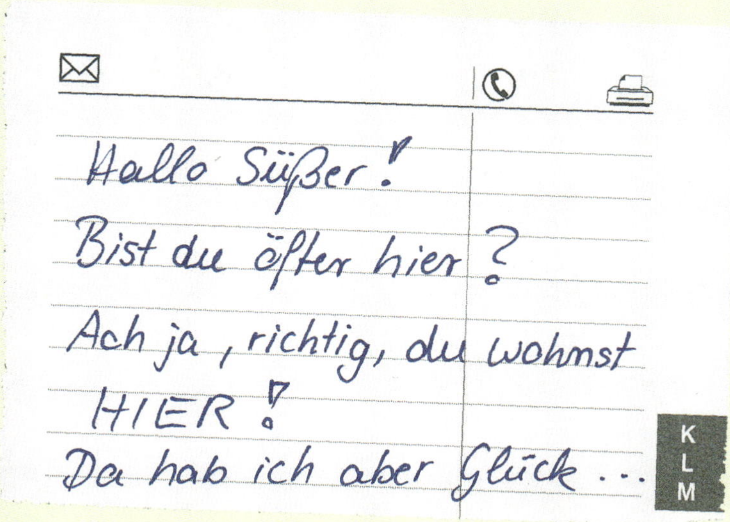

Hallo Süßer!
Bist du öfter hier?
Ach ja, richtig, du wohnst HIER!
Da hab ich aber Glück …

WG-internes Flirtverhalten kann eine wunderbare Sache sein, wie dieser Zettel hier beweist. Das Ganze kann aber auch nach hinten losgehen, wenn man nämlich das fünfte Rad am Wagen ist und leer ausgeht, während die anderen in erotische Wallung geraten und sich in ihr Brunftverhalten reinsteigern. Wenn man sich auf sein Zimmer zurückzieht, fühlt man sich seltsam allein, aber wenn man im Wohnzimmer ist, hat man das Gefühl, die beiden warten nur darauf, dass man endlich abhaut, damit sie endlich übereinander herfallen können.

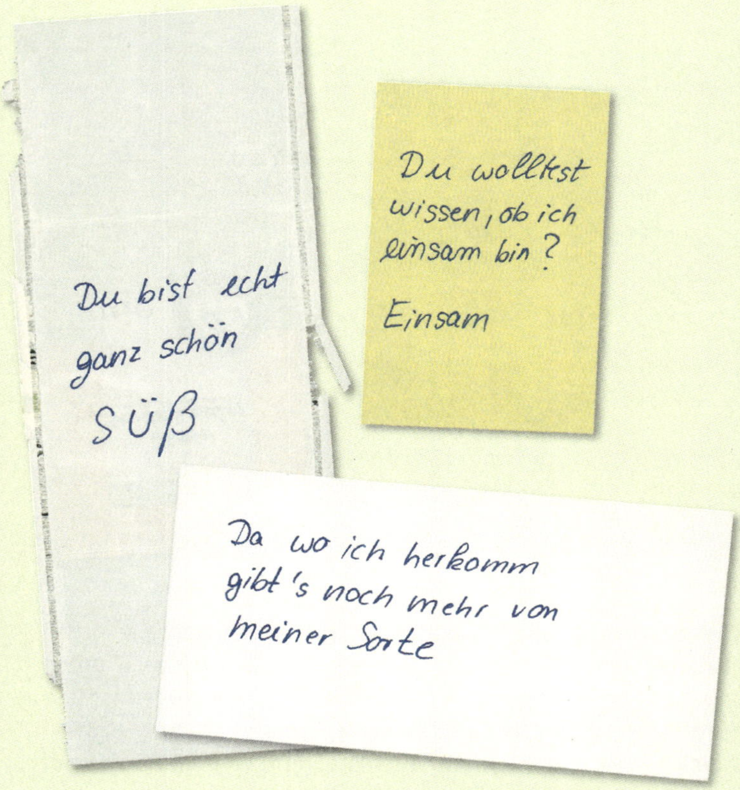

Diese Zettel werfen einige düstere Fragen auf: Wo zum Teufel kommt die Verfasserin her – und zu welcher Sorte Mädchen gehört sie? Klingt ganz danach, als ob diese Zettel durch den ungehemmten Konsum von Alkohol inspiriert worden seien. Ganz schön gruselig, alles in allem …

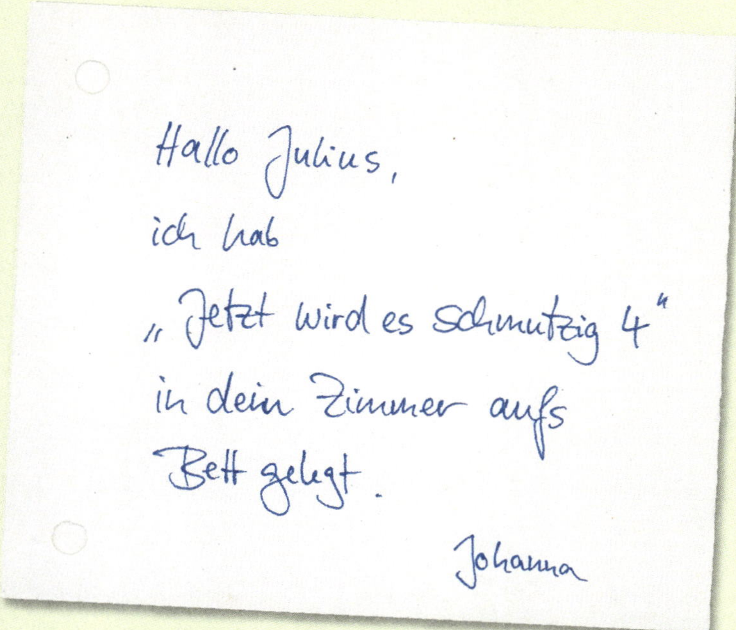
Hallo Julius,
ich hab
„Jetzt wird es schmutzig 4“
in dein Zimmer aufs
Bett gelegt.
Johanna

Wenn jemand eine Vorliebe für schmutzige Filmchen hat, ist das ganz allein seine Sache. Wenn er allerdings zu blöd ist, die Dinger nachher aus dem Recorder zu nehmen und die DVD dann von einer Mitbewohnerin aufs Bett gelegt bekommt, darf er sich über den Spott nicht beschweren. Johanna erklärte mir im Nachhinein, dass sie extra darauf geachtet hat, dass die Nachricht für jeden gut sichtbar in der Küche angebracht war.

Könntest du mir BITTEBITTE
einen riesen Gefallen tun und
mich morgen aufwecken, wenn
du aufstehst?
Hab meine Tasche verloren mit
allen Sachen (Portemonai! Büro-
schlüssel!) und muss morgen
früh direkt neuen Perso
beantragen und zur Bank
und auf der Arbeit
anrufen.

1000 Dank,

du bist ein Schatz!

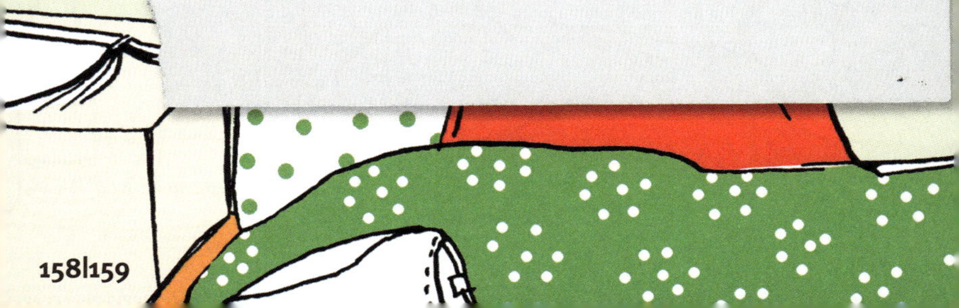

Der Empfänger dieser Nachricht wurde kurzerhand in die Mutterrolle gedrängt bzw. in die Rolle des persönlichen Sekretärs. Das Problem bei der Sache ist, dass man gar keine Wahl hat, wenn man so einen Zettel bekommt. Man *muss* den schlampigen und schlecht organisierten Mitbewohner wecken, denn wenn man es nicht tut, verschläft der alle Termine, bekommt das Konto leer geräumt, verliert seinen Job und hängt dann für den Rest des Jahres als Sozialfall betrunken und verwahrlost im Wohnzimmer ab.

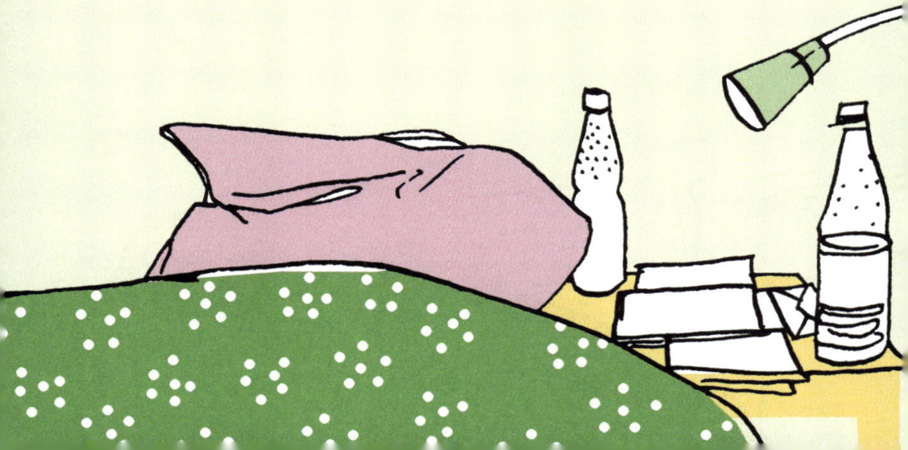

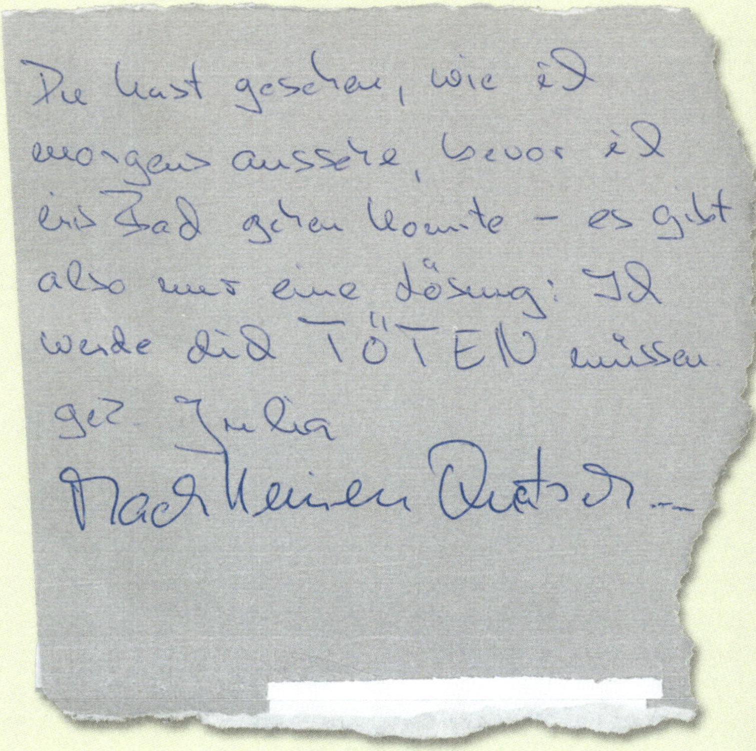
Du hast gesehen, wie ich morgens aussehe, bevor ich ins Bad gehen konnte – es gibt also nur eine Lösung: Ich werde dich TÖTEN müssen.
gez. Julia

Mach keinen Quatsch …

Ein verrückter Zettel. Es könnte sein, dass Julia etwas zerzaust war und mit Panda-Äuglein verschlafen durch die Wohnung schlurfte. Ich gehe aber davon aus, dass es noch viel lustiger gewesen ist – Julia nämlich nicht nur zerzaust war, sondern auch noch nackt! Wenn man im Evakostüm von jemandem gesehen wird, mit dem man nicht in romantischer Beziehung steht, ist das alles andere als vergnüglich. Verschlimmert wird das Ganze, wenn man überrascht wird und keine Zeit hat, eine würdevolle Pose einzunehmen. Die Tür zum Badezimmer wird ohne Vorwarnung aufgeschlagen, just in dem Moment, in dem man splitternackt auf einem Bein rumhüpft und gerade versucht, das zweite Bein in den Slip zu kriegen, der Hintern wird dem verdutzten Betrachter entgegengestreckt, und man torkelt blöde hin und her, in dem verzweifelten Versuch, das Gleichgewicht zu halten. Während man hört, wie der unfreiwillige Voyeur den Gang runterläuft, kichert und mehrfach das Wort »krass« in seinen Bart quiekt, kommt einem schon der ein oder andere Mordplan in den Sinn. Auf welche Weise auch immer: Der Zeuge muss sterben!

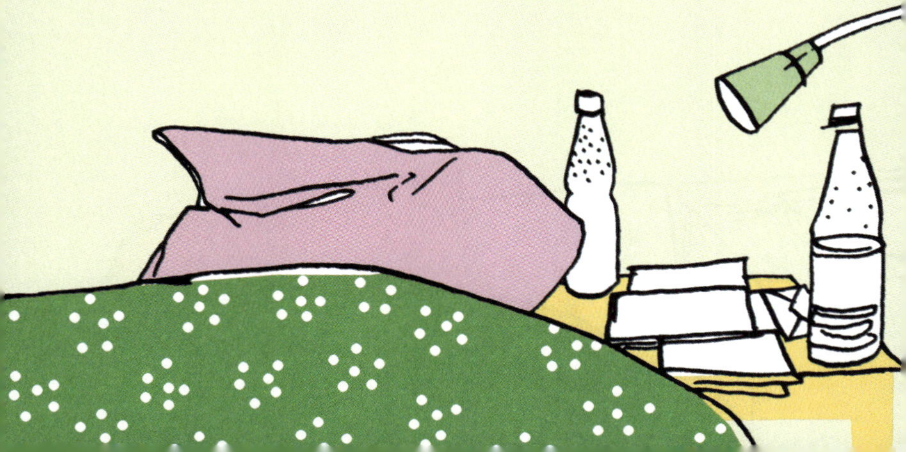

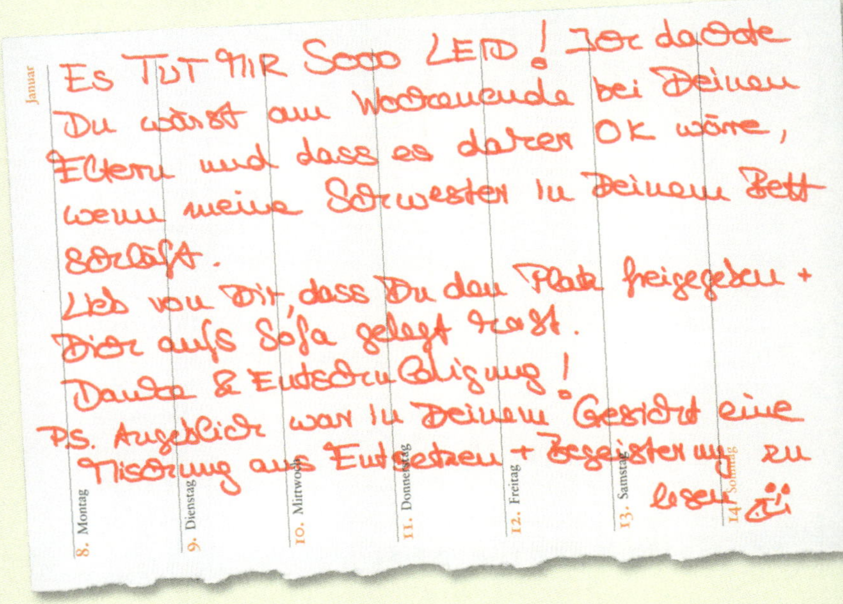

Januar

Es tut mir sooo leid! Ich dachte Du wärst am Wochenende bei Deinen Eltern und dass es daher OK wäre, wenn meine Schwester in Deinem Bett schläft.
Lieb von Dir, dass Du den Platz freigegeben + Dich aufs Sofa gelegt hast.
Danke & Entschuldigung!
P.S. Angeblich war in Deinem Gesicht eine Mischung aus Entsetzen + Begeisterung zu lesen ☺

8. Montag | 9. Dienstag | 10. Mittwoch | 11. Donnerstag | 12. Freitag | 13. Samstag | 14. Sonntag

Der junge Gentleman war sich wohl nicht sicher, ob sich hier endlich eine lang gehegte Teenagerphantasie erfüllte oder er besser die die 110 wählen sollte. Kein Wunder: Als er zu später Stunde nach Hause kam und sein Zimmer betrat, lag eine junge Studentin in seinem Bett, die nichts anhatte außer ihrer Unterwäsche. Beide starrten sich zunächst geschockt an, dann plätscherte ein Wasserfall an Entschuldigungen aus dem Mädchen heraus. Es war dunkel und sehr spät, und beide waren müde – das machte die Situation auch nicht besser. Die Studentin stieg aus dem Bett, um sich einen Schlafplatz im Wohnzimmer zu suchen. Spätestens jetzt wurde dem Jungen klar, dass es sich nicht um seinen Teenagertraum handelte, sondern um die kleine Schwester seiner Mitbewohnerin. Wie man mir berichtete, hat die junge Frau, die seit dem Abend den Spitznamen »Lolita« trägt, nicht noch einmal in der WG ihrer Schwester übernachtet.

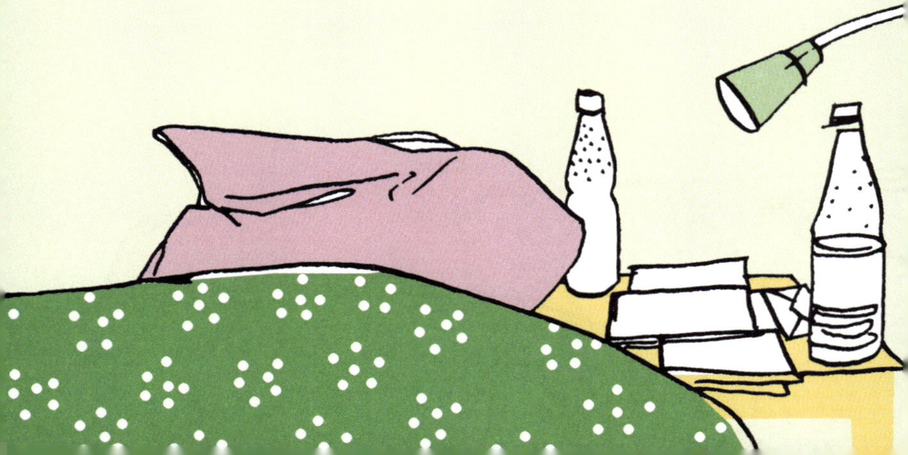

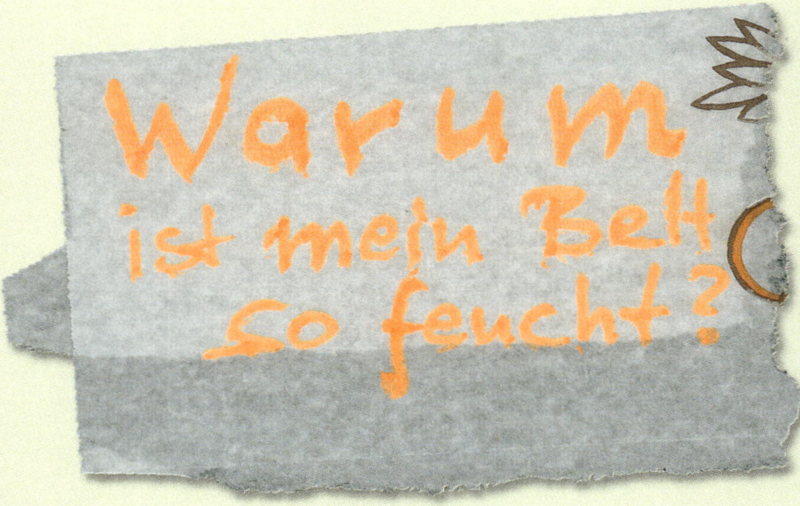

Uh, oh, wir wollen hoffen, dass hier einfach nur jemand vergessen hat, ein Fenster zu schließen, oder dass ein hilfsbereiter Mitbewohner die Bettwäsche mitgewaschen hat und sie deswegen noch ein wenig klamm ist. Aber in unserem tiefsten Innern wissen wir natürlich, dass diesem Zettel eine weniger anständige Geschichte zugrunde liegt …

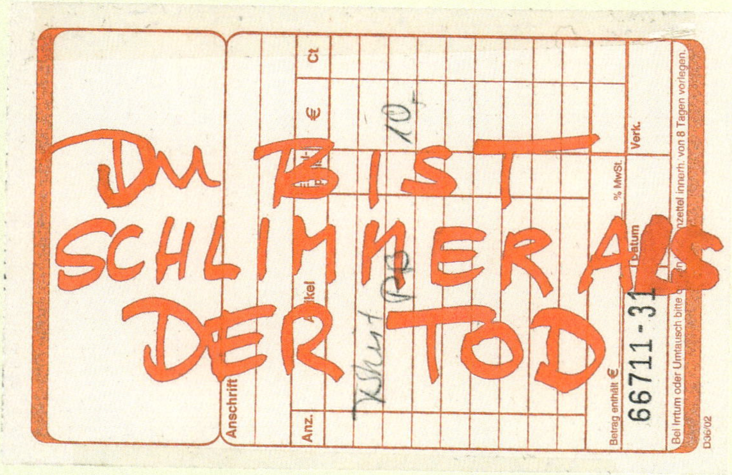

Was zum Teufel hat der Empfänger dieser Nachricht gemacht, um so eine Beschimpfung zu verdienen? Oder vielmehr: Was hat er nicht gemacht? Es hat den Anschein, als ob dieser Zettel an einer Wand oder Tür geklebt hat; man kann also davon ausgehen, dass es sich nicht um eine spontane Affekt-Beleidigung, sondern um eine ganz bewusst durchgeführte Aktion handelt. Für solche Fälle sollte man immer einen Stapel Entschuldigungszettelchen bereithalten, auf denen in großen Lettern »Sorry!« oder »Es tut mir leid!« geschrieben steht, anstatt sich nach der Ursache des Zorns zu erkundigen – das führt in der Regel nur dazu, dass die betreffende Person total ausflippt und man mit den Ikea-Tellern aus der Küche beworfen wird.

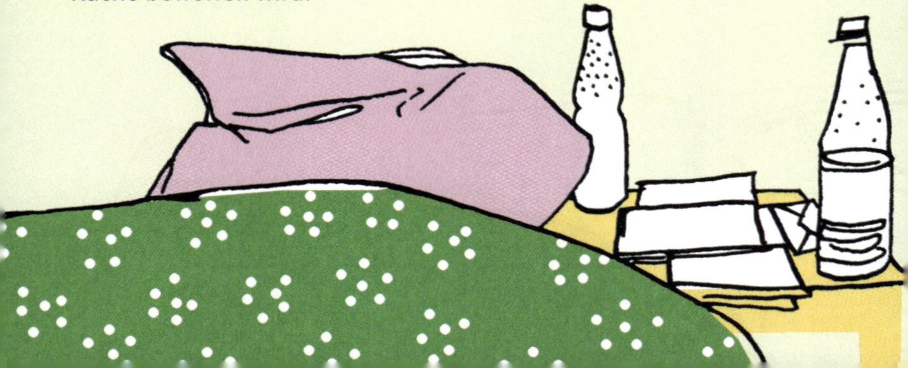

Entweder ich
ziehe aus
oder
DU!

Eine klassische Wildwestszene nach dem Motto: »Diese WG ist zu klein für uns beide ...« Ein Freund von mir ist Opfer einer ähnlichen High-Noon-Situation geworden. Darin spielt allerdings ein Miezekätzchen die geheime Hauptrolle. Der besagte Freund hatte zusammen mit ein paar Leuten eine WG gegründet – und einer der neuen Mitbewohner war »Jens«, ein süßer kleiner Perserkater. Anfänglich schien alles prima zu laufen, aber schon nach wenigen Tagen setzte das große Niesen und Jucken ein. Richtig: Mein »Buddy« litt an einer Tierhaarallergie. Schnell wurde deutlich, dass die beiden Kreaturen – mein Freund und »Jens« – nicht zusammen unter einem Dach leben konnten. Wer von beiden seine Koffer packen musste, könnt ihr euch vermutlich denken. Wer wäre auch schon so herzlos und würde ein armes kleines Kätzchen auf die Straße setzen?

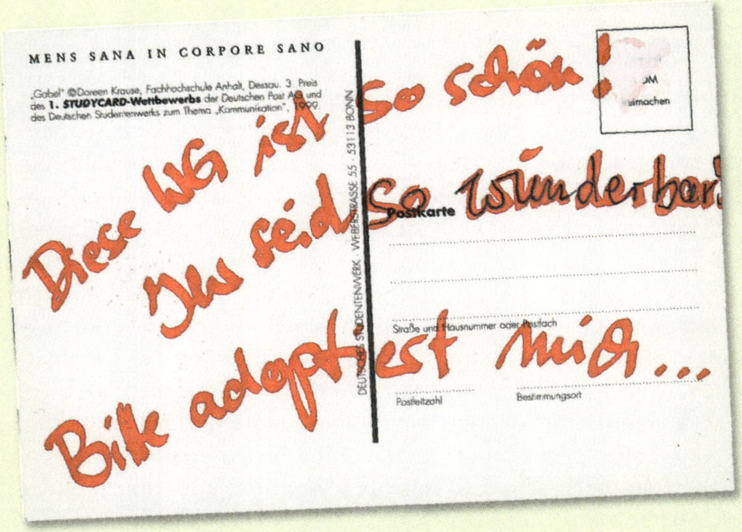

Dieser Zettel ist zwar superputzig, aber trotzdem: Wer möchte schon das Sorgerecht für einen Mitbewohner übernehmen? Okay, den Abwasch für jemanden zu erledigen und den Müll rauszubringen ist eine Sache. Aber die Frage ist doch: Wo hören Fürsorge und das Betüddeln auf? Bringt man dem adoptierten Mitbewohner noch ein Betthupferl, bevor man ihn ins Bettchen legt? Geht man mit ihm aufs Pöttchen? Eine Adoption ist keine Butterfahrt. Und trotzdem landen wir immer wieder in Freundschaften und Beziehungen mit Personen, die nicht in der Lage sind, ihr Leben in den Griff zu kriegen und die richtigen Entscheidungen zu treffen. Was? Du willst adoptiert werden!? Ich geb dir mal nen Tipp: Werd erwachsen!

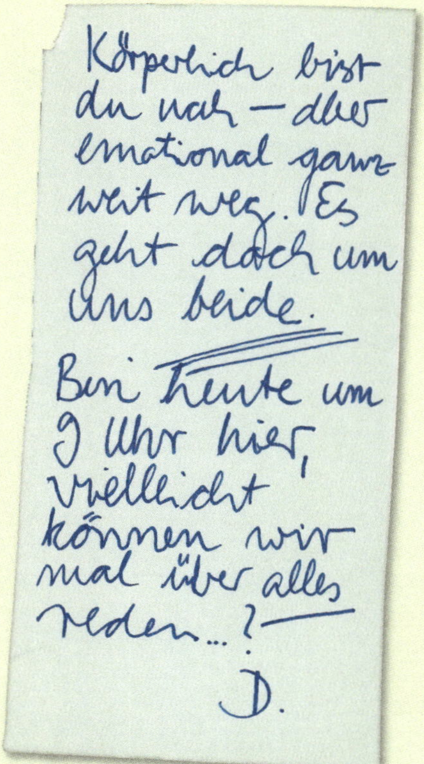

Körperlich bist du nah – aber emotional ganz weit weg. Es geht doch um uns beide.

Bin heute um 9 Uhr hier, vielleicht können wir mal über alles reden ...?

D.

Klingt ganz nach einem Meskalin-Selbstversuch aus den frühen Siebzigern – aber weit gefehlt: Der Zettel stammt nicht aus der Hippie-Ära, sondern aus dem 21. Jahrhundert.

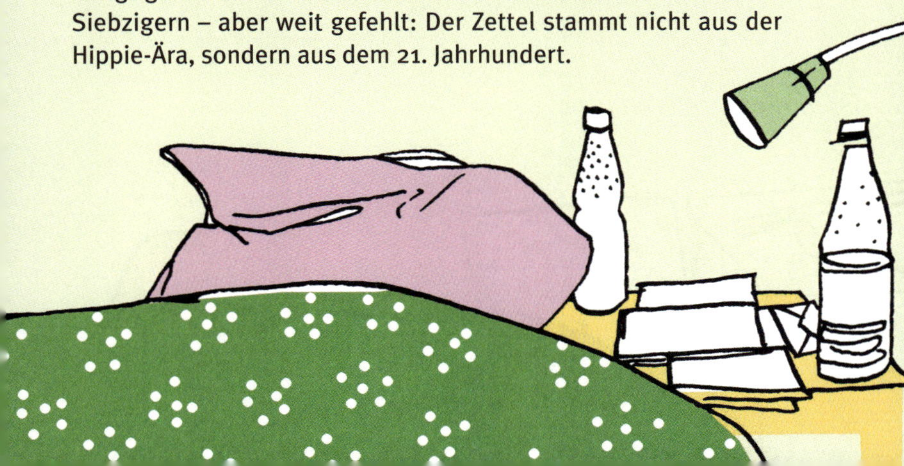

Hast du deinen Freund jetzt dauerhaft einquartiert? Er ist fast 24 Stunden am Tag hier. Sollen wir eine WG-Sitzung einberufen?

Küsschen —
Melanie

Hier haben wir es mit einem Pärchen in der Übergangsphase zu tun. Die beiden sind sich so nahe, dass sie sich jeden Tag sehen wollen, aber noch nicht nahe genug, um zusammenzuziehen. Dieser Zustand stellt sich oft nach den ersten zwölf Monaten ein – und hier entscheidet sich meist die Zukunft einer Beziehung. Wenn man den Partner wirklich ständig um sich haben muss, warum kann man sich nicht dazu entschließen, gemeinsam ein Apartment zu beziehen? Irgendwann müssen diese Dinge einmal besprochen werden. In diesem Fall sind es die Mitbewohner, die den Startschuss für diese Diskussion geben. Aber allein schon die Vorstellung, bald an einer WG-Sitzung teilnehmen zu müssen, lässt einem das Blut in den Adern gefrieren. Die Mitbewohner haben natürlich bereits über alles geredet, auch über deinen Freund. Vermutlich ist es besser, sich schnell eine gemeinsame Wohnung zu suchen, bevor unter dem nächsten Zettel kein »Küsschen« mehr steht …

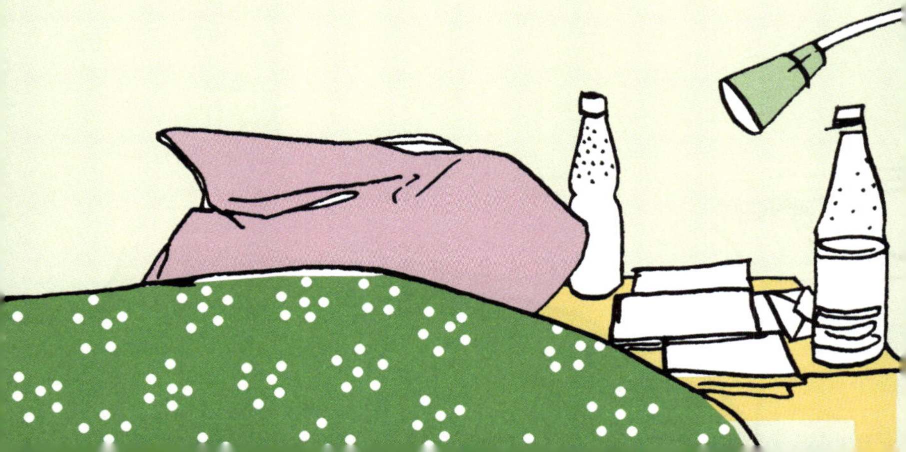

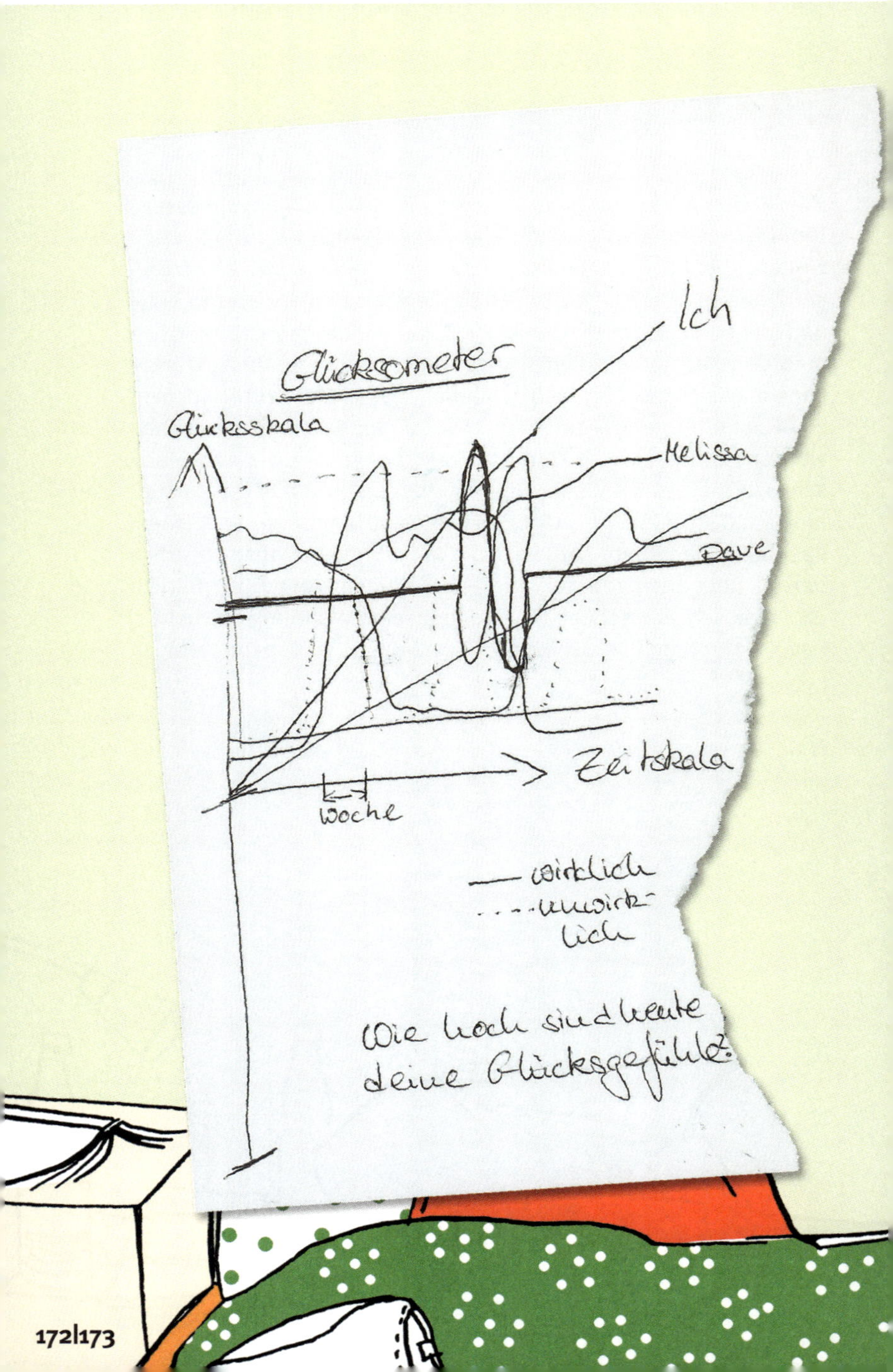
Glücksometer
Glücksskala
Ich
Melissa
Dave
Zeitskala
Woche
wirklich
unwirk-
lich
Wie hoch sind heute
deine Glücksgefühle?

Es kann sehr aufschlussreich sein, sich über seine Glücksgefühle Gedanken zu machen, außerdem erfüllt das mit Sicherheit eine therapeutische Funktion. Bist du glücklich, bist du am glücklichsten, oder wartest du noch darauf, dass das Glück endlich auch bei dir ausbricht? In dieser Tabelle befinden sich einige Mitbewohner emotional ganz tief im Keller, während andere mit ihren Glückshormonen sogar den Rahmen sprengen und über die Skala hinausschießen. Dieser Zettel zählt zu den kreativsten, die ich bekommen habe. Die Idee mit der Skala für Glücksgefühle ist einfach toll! So was sollte ab sofort in sämtliche Psychologie-Lehrbücher aufgenommen werden.

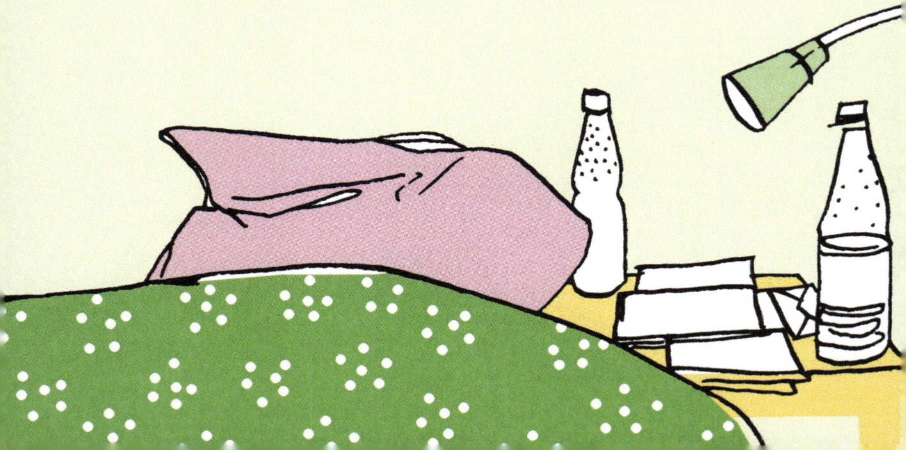

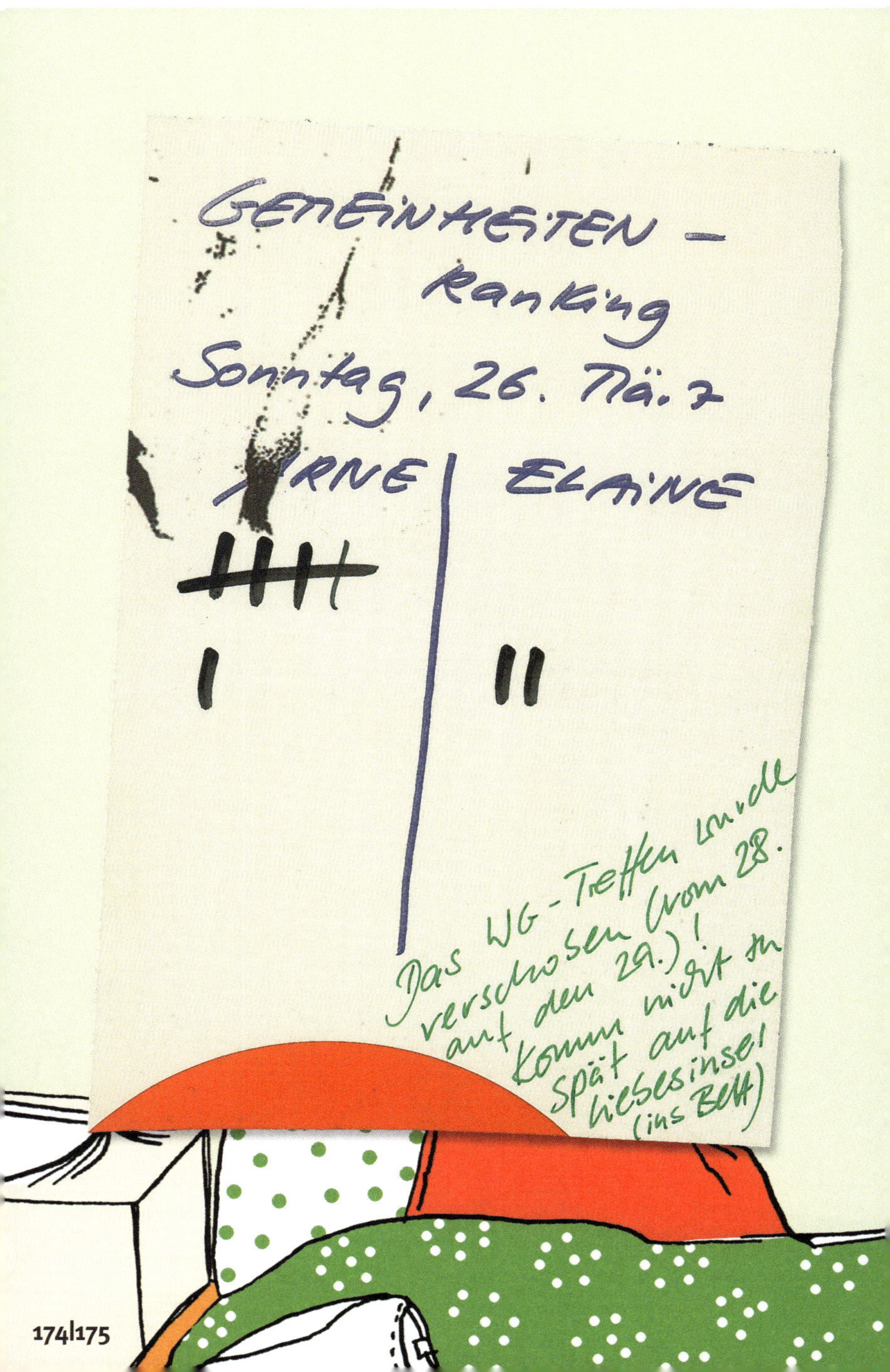
GEMEINHEITEN -
Ranking
Sonntag, 26. März
ARNE
ELAINE
Das WG-Treffen wurde verschoben (vom 28. auf den 29.)!
Komm nicht zu spät auf die Liebesinsel (ins Bett)

Arne und Elaine sind ein wunderbares Paar. Die beiden haben ein System entwickelt, das alle Paare anwenden sollten: eine Freundlichkeitstabelle. Für jede Bosheit und jedes unfreundliche Wort bekommt der Übeltäter einen Strich. Wenn man sich die Tabelle anschaut, darf man wohl annehmen, dass Arne seiner Elaine einen Blumenstrauß schuldet – in der »Nicht nett«-Wertung liegt er eindeutig vorn. Natürlich müssen sich beide Parteien vorher darauf einigen, welche Strafhandlungen bei welchem Punktestand anzuwenden sind, also zum Beispiel:

5 x nicht nett sein = Abwaschen
10 x nicht nett sein = Klo putzen
15 x nicht nett sein = Abwaschen UND Klo putzen

Andererseits dürfte die Tabelle auch ohne derartige Strafmaßnahmen ihre Funktion erfüllen und die Eskalation von Unfreundlichkeiten verhindern. Schließlich kann jeder daran ablesen, wer der »Unfreundlichkeits-Champion« ist. Und wer ist schon daran interessiert, sein Image zu ruinieren? Das System hat allerdings einen kleinen Haken: Alle Beteiligten müssen sich einig darüber sein, was »nicht nett sein« bedeutet, und das ist gar nicht so leicht. Der eine ist zu Tode gekränkt, wenn man ihn freundlich bittet, seine Speed Metal-Platten nach Mitternacht nicht in voller Lautstärke abzuspielen; ein anderer rechtfertigt einen Faustschlag ins Gesicht als sachliche Kritik. Wie dem auch sei: Neulich wurde ich von meiner Mitbewohnerin (die auch sehr gerne über Zettel kommuniziert) gefragt, welche Aktion sie bringen müsste, damit ich einen Zettel schreibe und mich beschwere. Nach einigem Nachdenken sagte ich ihr, dass ich bestimmt zu Stift und Zettel greifen würde, wenn sie aus irgendeinem Grund mal in den Hausflur kackt. Am nächsten Tag fand *ich* mal wieder einen Zettel vor meiner Zimmertür. Darin wurden meine »Fäkalsprache« und mein unsensibles Verhalten kritisiert. Ich war mal wieder »nicht nett« gewesen. So interessant die Idee einer »Freundlichkeitstabelle« auch sein mag – ich bin dagegen!

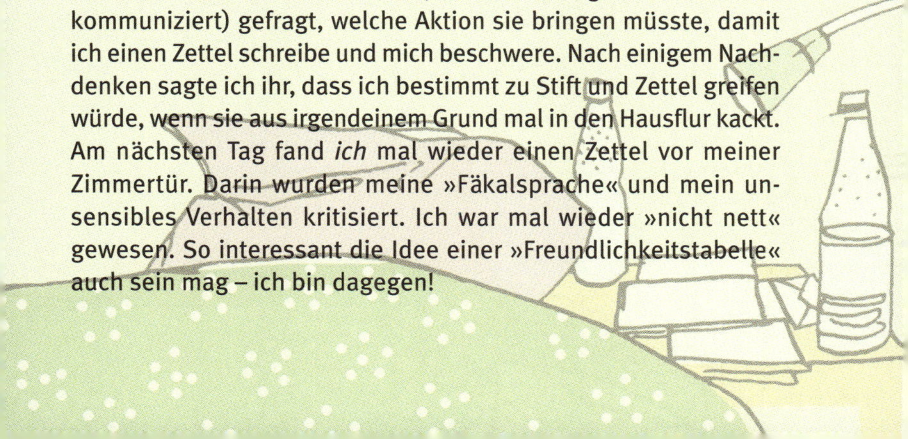

TPGPOST
AMSTERDAM
10.12.07
€ 00245 ct
TNT Post
Danke für alles,
was du für mich
gemacht hast.
Schön, dass es dich gibt!

Es ist nicht schön, wenn man sich vorstellt, dass es nicht nur niemanden interessieren würde, wenn man im Flur plötzlich tot umfällt, sondern dass man als Leiche auch noch beschimpft werden würde, weil man im Weg liegt. Keiner interessiert sich für einen, also macht man's genauso. Aus dieser Haltung entsteht ein düsteres und pessimistisches Menschenbild. Das führt dann dazu, dass man auf der Straße alte Omas anrempelt, wie ein Wahnsinniger zu hupen anfängt, wenn die Fußgängerampel gerade auf Rot gesprungen ist, und man jedem eine schallende Ohrfeige verpassen möchte, der die Dreistigkeit besitzt, mit einem unbeschwerten Lächeln durch die Gegend zu laufen. Ja, es gibt Phasen, in denen man sich einfach nur aufs Sofa fläzen will, um sich über die Loser in den Fernsehtalkshows lustig zu machen – oder sich mit einer Packung Valium unter seiner Bettdecke verkriechen. In so einer Phase kann ein Zettel wie dieser wie ein Lebensretter wirken. Der Zyniker in mir regt sich natürlich; er will raus, um unter Würgelauten über die Brechreizwirkung dieser naiven Nettigkeit zu spotten. Mit dem Spotten kann man es sich aber auch zu leicht machen. Ich bin mir nämlich sicher, dass es dem Autor ganz schön schwergefallen ist, diesen Zettel zu schreiben. Aber er hat es getan. Und ein kleiner »1000 Dank«- oder »Ich liebe Dich«-Zettel reicht aus, und schon schaut man mit großen Augen unter der Decke hervor wie Gollum, wirft die Antidepressiva in den Müll, schaltet die Sendung ab, in der Dieter Bohlen gerade wieder jemanden zur Sau macht, und sieht plötzlich das Leben ein bisschen positiver. Jeder hat mal seinen »Ich verkriech mich im Bett«-Tag, aber die Tatsache, dass man jemanden aus seinem Stimmungstief gerettet hat, hilft einem, selber wieder auf die Beine zu kommen. Wenn ich so einen Zettel bekommen hätte, würde ich ihn immer mit mir rumtragen. Und wenn ich beim Einkaufen einen fiesen Stoß in die Rippen bekomme, würde er mich daran erinnern, dass es auch Menschen gibt, die finden: *Schön, dass es dich gibt!*

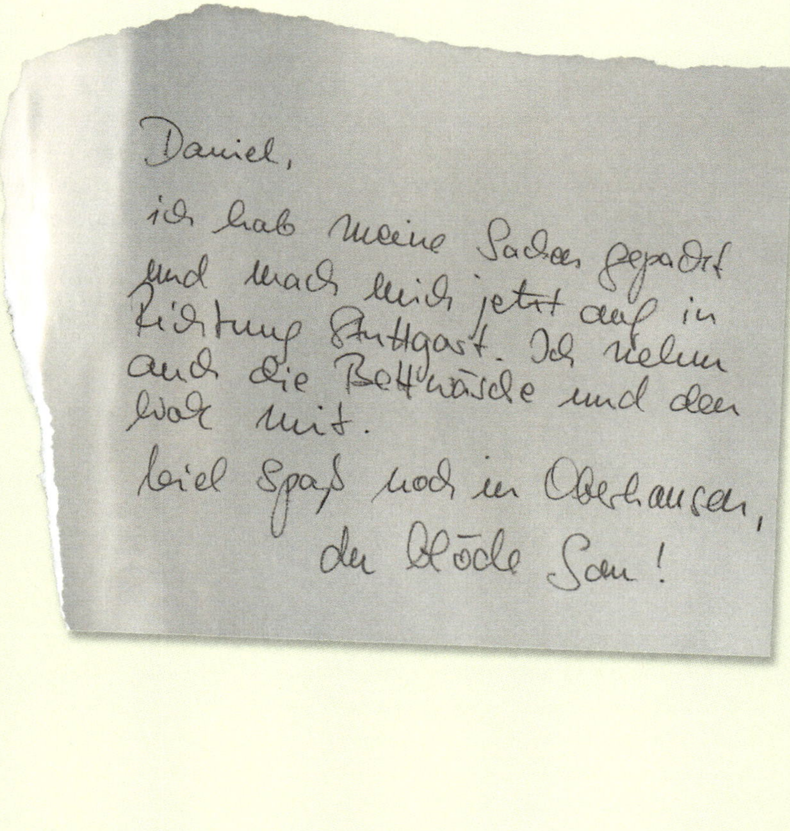

Daniel,

ich hab meine Sachen gepackt und mach mich jetzt auf in Richtung Stuttgart. Ich nehm auch die Bettwäsche und den Wok mit.

Viel Spaß noch in Oberhausen,

du blöde Sau!

Dieses Pärchen hat offensichtlich immer einen sehr liebevollen Umgangston miteinander gepflegt, aber angesichts der schwierigen Umstände sind wohl die Sicherungen durchgebrannt. Tja, wenn man mit einem Pärchen zusammenwohnt, kann man schnell zwischen die Fronten geraten: Beide Parteien erwarten, dass man sich auf ihre Seite schlägt, und wenn man versucht neutral zu bleiben, gerät man zwischen die feindlichen Lager.

Für ein Pärchen kommt immer dann die Stunde der Wahrheit, wenn einer der beiden ein Jobangebot bekommt, für das er oder sie in eine andere Stadt ziehen müsste – oder sogar in ein anderes Land. Plötzlich nehmen die Gespräche einen gereizten Ton an: Man muss sich entscheiden, ob die Beziehung schön locker und unverbindlich bleibt oder ob man »ernst macht« und die Karten auf den Tisch legt. *Kommst du mit mir oder packe ich meine Koffer alleine?*

PS: Für alle Harmoniebedürftigen: Dieses Pärchen hat später übrigens doch noch die Kurve gekriegt: Sie sind zusammen nach Stuttgart gezogen, wo sie immer noch Bettwäsche und Wok gemeinsam benutzen.

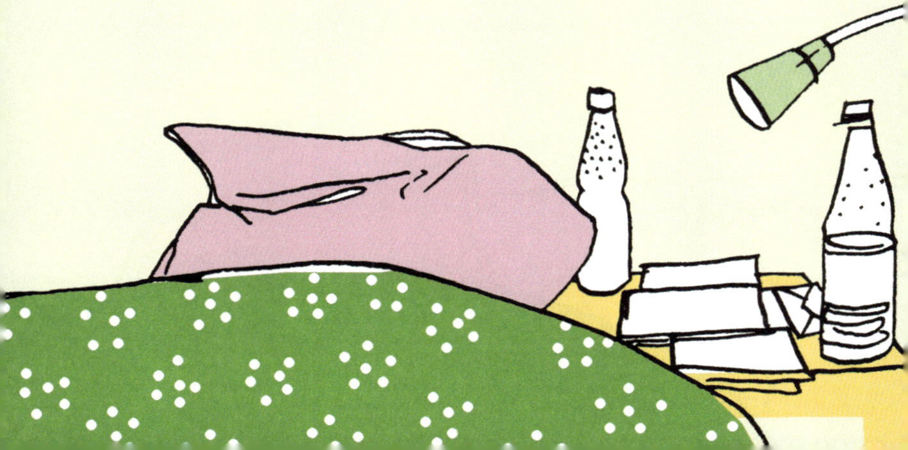

Hi Becky,

gestern war eine reine Katastrophe! Ich bin mir sicher, dieser Engländer ist ansonsten ein netter Typ, aber er hat den ganzen Abend über nichts anderes geredet als über seinen komplizierten Kreuzbandriss und dass ein gewisser „Gazza" genau das gleiche Problem gehabt haben soll. Ich weiß zwar nicht, wer dieser Gazza ist, aber er nannte ihn immer wieder „das große Genie des englischen Fußballs". Er beschrieb die Operation in allen Einzelheiten, dann erklärte er mir, welche Übungen er nach der OP machen musste. Dafür legte er sich sogar auf den Boden und machte sie mir vor – in der Bar! Dann behauptete er, dass er heute an der Seite von Beckham spielen würde, wenn ihm nicht die blöde Knieverletzung dazwischengekommen wäre ... Ich meinte nur, dass ich mich eher für Ballett interessiere. Er sagte, Fußball sei im Grunde auch eine Art Ballett, nur athletischer. Mein Gott – wenigstens hab ich nichts für die Drinks bezahlt!

Moment, Moment, Moment! Versteh ich das richtig? Dieser Kerl versucht die Zuneigung dieser jungen Dame für sich zu gewinnen, indem er sie den ganzen Abend mit detailreichen Schilderungen einer Knieoperation umgarnt? Und versucht er etwa, sich mit jenem »Gazza« zu vergleichen, mit dem eigentlich niemand anderes gemeint sein kann als Paul »Gazza« Gascoigne – der dafür bekannt war, dass er blau gefärbte Haare hatte, seine Frau verkloppt hat und proletenhafte Trinklieder in proletenhaften Trainingsanzügen zum Besten gab? Mannomann, wie kann man da widerstehen? Da muss man ja schon als Hardcore-Lesbe zur Welt kommen, um so einen feschen Hengst in die Wüste zu schicken.

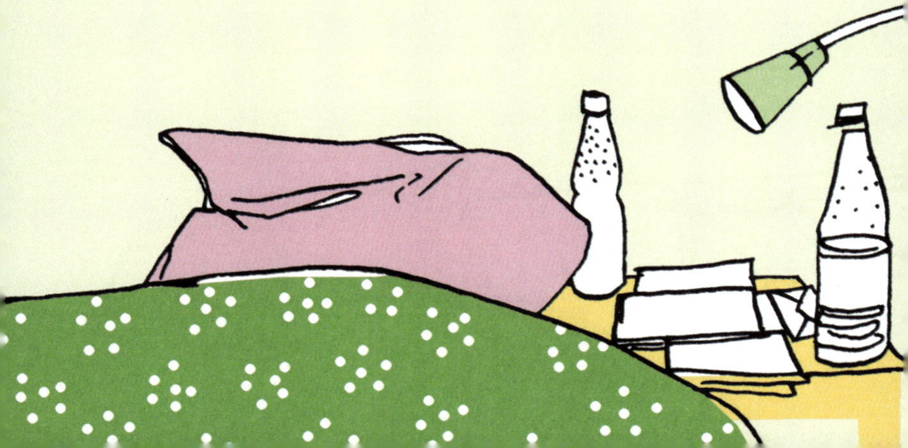

Lieber Karol, seit du eingezogen bist, zahlen wir viel mehr für die Telefonrechnung als früher. Mittlerweile sind wir davon überzeugt, dass wir die Summe in Zukunft nicht mehr einfach "durch drei" teilen sollten. Mit einem Blick auf die Rufnummer haben wir nämlich festgestellt, dass du nach Mitternacht gerne mal die 0190 vorwählst – und eigentlich wollen wir dein teures "Hobby" nicht auch noch subventionieren!

Es ist schon etwas seltsam, wenn sich herausstellt, dass dein freundlicher und schüchtern wirkender Mitbewohner in Wirklichkeit ein wild onanierender Masturbations-Junkie ist. Das ist genauso, als ob man jemanden kennenlernt, der unglaublich lässig und cool rüberkommt, dann aber sagt, dass er das gemeinsame Abendessen total »fluffig« fand, jetzt aber mal eben »für kleine Königstiger« muss.

Es ist ja nicht schlimm, wenn man ein wenig pervers ist (also beispielsweise einen Gummifetisch hat, auf Auspeitschen steht oder intime Gefühle für sein Staubsaugerrohr hegt) – nur sollte

man direkt mit offenen Karten spielen, weil man sonst die Mitmenschen in seinem Umfeld irritiert. Als sich eine Freundin von mir neulich einen Nasenring machen ließ, kam plötzlich ein äußerst seriös wirkender Mann in feinem Anzug in den Laden, der sich dann ganz unvermittelt das Hemd aufriss, die Krawatte in die Ecke warf und sich die Nippel piercen ließ. Auch mit einem solchen Verhalten kann man die Leute vor den Kopf stoßen. Wenn ich zur Stadtsparkasse gehe, will ich mich schließlich auch nicht fragen müssen, ob die Kassiererin von der Hüfthöhe abwärts vielleicht nackt ist. Wahrscheinlich ist aber genau diese Ungewissheit das, was den Reiz solcher sexueller Fantasien ausmacht. Öffentlich zur Schau getragene Abseitigkeiten können ganz schnell öde werden – wie der Verkleidetick von Teenagern, die unbedingt wie Leichen aussehen wollen. (Mal im Ernst: Lasst doch einfach den Quatsch! Niemand interessiert sich für eure gruseligen Weltschmerz-Eskapaden und die bescheuerten Grufti-Schlabberklamotten. Aber das ist ein Thema für sich.) Aber unser 0190-Freund ist letzten Endes vermutlich auch gar kein abgründig perverser Rubbel-König, sondern einfach nur ein bisschen gelangweilt. Ich kann mir sogar vorstellen, dass so ein strenger, vorwurfsvoller Zettel ihn in Erregung versetzt. Vermutlich kann er sich gar nicht richtig auf die schmutzigen Geilheiten der Hotlinedame konzentrieren – weil er schon an den nächsten Zettel seiner verärgerten Mitbewohnerin denkt. *Böser Junge!*

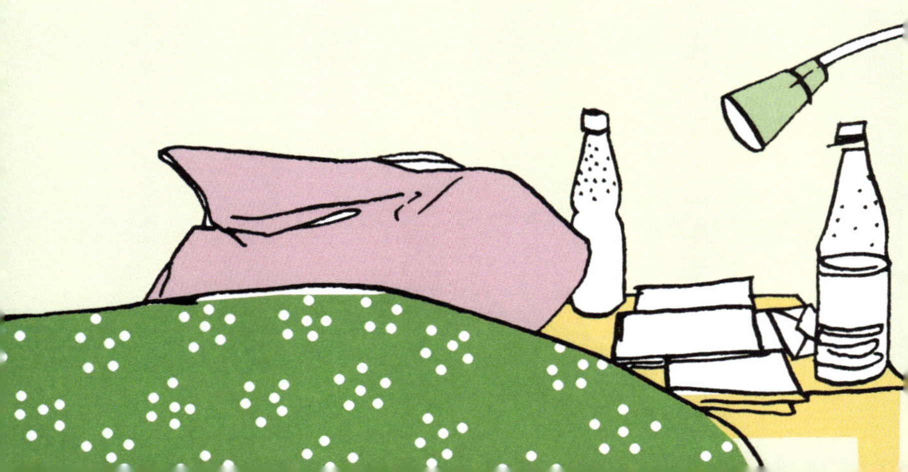

HALLO FABIAN,

DAS ARSCHLOCH VON NEBENAN HAT MIR GESAGT, DASS ER IN MEINEM ZIMMER WAR, UM SICH EIN PAAR VON MEINEN ZEITSCHRIFTEN AUSZULEIHEN. ER MEINTE, ER MÖCHTE SIE GERNE VOR SEINE TÜR LEGEN, DAMIT'S NICHT MEHR SO ZIEHT! ES WAR IHM GLAUB ICH ZIEMLICH PEINLICH, ALS ER MIR DAS ERZÄHLTE. WÄR'S MIR AUCH AN SEINER STELLE, DENN IST JA WOHL VOLLKOMMEN KLAR, DASS DIESER HECKENPENNER LÜGT!

ICH WEISS, DASS ER SICH'S WIEDER AUF MEINEM BETT GEMÜTLICH GEMACHT HAT...

IST SCHON EIN SELTSAMER ZEITGENOSSE

Dieser Zettel ist aus verschiedenen Gründen besonders unheimlich. Am Anfang steht eine total absurde Erklärung, die man erst einmal verdauen und begreifen muss, weil ganz klar ist, dass es sich dabei um eine dreiste und vollkommen unsinnige Lüge handelt. Die Tatsache, dass »das Arschloch« schon wieder auf dem Bett gelegen hat, macht die Sache so scheußlich – ebenso wie der Umstand, dass sich der Eindringling eine so durchgeknallte Erklärung zurechtgelegt hat. Schon deswegen kann man sich nicht vorstellen, dass er nur ganz unschuldig auf der Matratze gelegen hat, um ein bisschen zu schmökern. Sein Verhalten wirft zusätzlich die Frage auf: Will er vielleicht, dass seine Mitbewohnerin *weiß*, dass er auf ihrem Bett gelegen hat? Da wären wir wieder beim Thema perverse Vorlieben ...

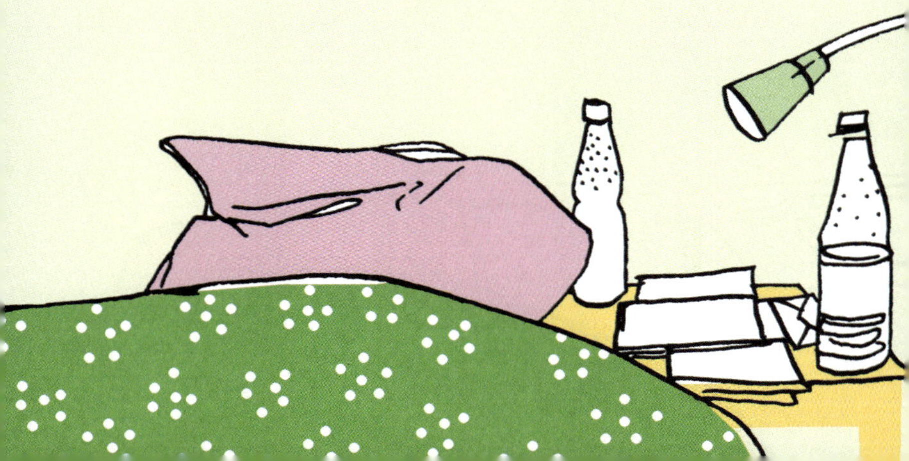

Als ich Dich gestern dabei erwischt
hab, wie du in meinem Wäschekorb
rumgewühlt hast, und du meintest,
dass du deine Plakafarbe suchst, war
ich einfach nur völlig baff, dass du in
meinem Zimmer warst. Wenn ich jetzt
aber mal darüber nachdenke, kommt mir
das insgesamt ziemlich merkwürdig vor...
Warum warst du *wirklich* in meinem
Zimmer?! Und warum sollte ich – wenn ich
deine Farbe wirklich hätte – sie unter meiner
Schmutzwäsche verstecken???
Damit das klar ist: DU HAST NICHTS IN
MEINEM ZIMMER VERLOREN, GANZ EGAL,
WAS DU SUCHST!! Ich muss mich wohl
vor meinen eigenen Mitbewohnern mit einem
Sicherheitsschloss schützen! So etwas nennt
man Belästigung! Das ist strafbar –
und ob du's glaubst oder nicht: Beim
nächsten Mal ruf ich die Polizei.

Ulli!

Und so fällt eine weitere Maske. In manchen Situationen ist man so aufgewühlt, dass man jede Erklärung akzeptiert – sei sie auch noch so hirnrissig. Wie auch diese kleine schmutzige Geschichte zeigt, fällt der Groschen meist erst sehr viel später, wenn man sich wieder beruhigt hat. Die Alarmglocken gingen bei dieser Frau erst in dem Moment an, als ihr klar wurde, dass es eher unüblich ist, Plakafarbe in einem Korb mit getragener Unterwäsche zu vermuten.

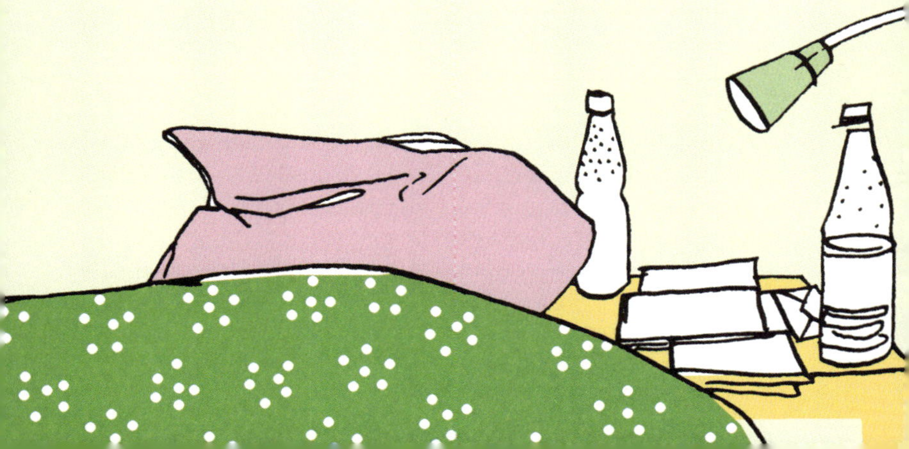

Nachwort

Wir sind jetzt zwar auf den letzten Seiten dieses Buches angelangt, aber das Heulen und Zähneklappern und Zettelschreiben wird bis zum Jüngsten Tag fortdauern, solange man dazu verdammt ist, die erbärmliche Existenz eines Mieters zu führen. Wir sind der kleine Mann: Wir können uns die *Schöner Wohnen*-Sonderausgabe zum Thema »Haus & Garten« sparen, weil wir weder das eine noch das andere besitzen. Diejenigen, die aus der Ikea-Hölle gerettet wurden, wohnen jetzt in ihren eigenen vier Wänden – uns wird das niemals vergönnt sein. Wir sind die »Mieter« – wir leiden im Fegefeuer und haben keine Brandschutzleiter, über die wir aus dieser misslichen Lage fliehen könnten. Aber immerhin: Wer es sich erst einmal in einem kleinen Häuschen mit Vorgarten gemütlich gemacht hat, verpasst all die irrsinnigen und unterhaltsamen Momente, die man nur dann erleben kann, wenn man mit einem zufällig zusammengewürfelten bunten Haufen unter einem Dach lebt. Trotz aller Mühen und Beschwerlichkeiten: Das Leben in einer WG stählt den Charakter, und man hört nie auf, an den Problemen der anderen mitzureifen – ob man nun will oder nicht.

Wir Menschen können uns einfach nicht entscheiden: Sind wir Eigenbrötler oder Herdentiere? Sollen wir uns in eine kleine Höhle zurückziehen und es uns dort gemütlich machen – oder doch lieber einem Rudel anschließen und miteinander abhängen? Das Internet spiegelt diesen Konflikt wider: Ich würde jede Wette eingehen, dass diejenigen, die besonders viele virtuelle Freundschaften pflegen, im wirklichen Leben entsprechend weniger Freunde haben. Ganz recht: im *wirklichen* Leben.

Im Mittelpunkt dieses Buches stehen Menschen, die dieses wirkliche Leben nicht scheuen. Zum Teil hatte ich das Glück, diese Personen sogar persönlich kennenzulernen – und genau das hat die Arbeit an diesem Projekt für mich zu etwas ganz Besonderem gemacht. Von verschiedenen Seiten habe ich immer wieder gehört, dass einem die Menschen, die in den kleinen Zettel-Dramen eine Rolle spielen, bekannt vorkommen oder dass sie einen zumindest an jemanden erinnern, den man kennt. Manchmal ist man sogar ein wenig schockiert, weil man sich selbst wiedererkennt. Kommt schon, ihr könnt es ruhig zugeben ... Das Buch hat auch mich gezwungen, mich meinen eigenen seltsamen Gewohnheiten und Ticks zu stellen. Aber man fühlt sich gleich viel weniger verschroben, wenn man beispielsweise weiß, dass es Menschen gibt, die nicht einschlafen können, bevor die einzelnen Deko-Elemente im Wohnzimmer in Reih und Glied stehen. Aber ja doch, klar: Wenn die Deko erst mal geordnet ist, wird alles gut!

Wenn man schon so weit ist, dass man sich mit seinem Abendessen im Badezimmer einschließt, um den Kontakt mit seinen Mitbewohnern zu vermeiden, dann ist dieses Buch vielleicht genau das richtige Geschenk für den Freak, mit dem man in einer WG gelandet ist. Wenn wieder mal etwas Merkwürdiges vorgefallen ist, kannst du einfach das Buch auf der entsprechenden Seite aufschlagen und deinem Mitbewohner aufs Bett legen. Heutzutage wird so viel über Computer und Handys kommuniziert, dass es schon fast an ein Wunder grenzt, dass irgendjemand überhaupt noch des Verfassens eines Zettels mächtig ist. Die Auswahl des Papiers und die Handschrift sind Indizien, mithilfe derer man die Nachrichten analysieren kann, und aus diesem Grund hat dieses Buch auch schon fast den Charakter einer kleinen Therapiesitzung angenommen. Es kann äußerst befreiend sein, wenn man feststellt, dass es nicht wenige Menschen gibt, die noch viel tiefer in der Scheiße stecken als man selbst. Insofern kann man dieses Buch auch als Trostspender benutzen. Setz dich hin, lehn dich zurück und stell dir die Frage, wie es so viele dieser Menschen schaffen, zusammenzuleben, oder auch: Wie sie es schaffen, überhaupt zu überleben.

Zum Abschluss möchte ich gerne noch Folgendes loswerden: Während meiner Recherchen bin ich auf verschiedene Uni-Seiten gestoßen, auf denen Ratschläge bezüglich eines harmonischen WG-Lebens zu lesen waren. Meine Lieblingsseite war die vom Swinburne College in Australien (www.swinburne.edu.au).

Hier ein kurzer Auszug aus der Seite:

Regeln für ein gelingendes Zusammenwohnen

Um das WG-Leben erfolgreich zu gestalten, muss man gemeinsam mit den Leuten, mit denen man zusammenwohnen wird, WG-Regeln aufstellen. Einige wichtige Punkte sind:

- *Die Kosten*
- *Die Anzahl der Mitbewohner und ihr Alter*
- *Das Verhältnis von männlichen und weiblichen Mitbewohnern*
- *Die Nähe zum Campus-/Uni-Gelände und die öffentliche Verkehrsanbindung*
- *Wie viele Raucher und Nicht-Raucher gibt es in der WG*
- *Die kulturellen Unterschiede der Mitbewohner*
- *Die gemeinsamen Interessen*

Alles klar! Das einzige Problem bei der Sache ist, dass diese Aufstellung davon ausgeht, dass wir erwachsene, vernunftgesteuerte, rationale und rücksichtsvolle Individuen sind. Aber auch mit dem besten Willen wird es beim Zusammenleben mit anderen Personen immer ein Auf und Ab geben. Und doch bleibe ich dabei: Diese Achterbahnfahrt ist dem Einsiedler-Dasein vorzuziehen, bei dem man schrullig wird, einem lange Fingernägel wachsen und man irgendwann anfängt, in Pfandflaschen zu pinkeln, anstatt aufs Klo zu gehen. Wie langweilig wäre doch das Leben, wenn man sich an diese Regeln halten würde – und wie wenig wüsste man seine eigenen vier Wände zu schätzen, wenn man niemals in einer WG gewohnt hat!

Danksagungen

Bevor ich mich jetzt absetze, um in meine virtuelle Wohnung zu flüchten, wo ich virtuelle Törtchen mampfen, mir virtuelle Pornos reinziehen und mit meinen virtuellen Freunden (also mit so gut wie keinen Freunden) chatten werde, möchte ich mich doch bei ein paar Leuten bedanken.

Mein Dank geht an meine Familie und an meine Freunde, vor allem aber an meine Feinde! Sie sind es, die mir die Kraft gegeben haben, das hier durchzuziehen und damit die Dämonen der Erinnerung an sie auszutreiben. Danke auch an meine Studenten, die mich fleißig mit Material versorgt haben. Dank dir, Alan D, ich würde jederzeit wieder mit dir zusammenziehen. Ein riesengroßes Dankeschön auch an Adelaide für alles Mögliche und für die Unterstützung bei der Arbeit an diesem Buch – ich vermisse es, dich morgens im Wohnzimmer herumlaufen zu sehen. Ein unwahrscheinlich großes und niemals endendes Dankeschön an Mr M Young – den liebsten »Mitbewohner« aller Zeiten. Dank an Gordon Wise und alle von Little Brown, vor allem Antonia Hodgson.

ENDE